比较文学与世界文学 研究丛书

主编 曹顺庆

二编 第 **7** 册

英语世界的拜伦学术史研究(下)

韩 周 琨 著

花木兰文化事业有限公司

国家图书馆出版品预行编目资料

英语世界的拜伦学术史研究（下）／韩周琨 著 —— 初版 —— 新
北市：花木兰文化事业有限公司，2023〔民112〕
目 4+154 面；19×26 公分
（比较文学与世界文学研究丛书 二编 第 7 册）
ISBN 978-626-344-318-1（精装）
1.CST：拜伦（Byron, George Gordon, 1788-1824）
2.CST：学术思想 3.CST：研究考订
810.8   111022110

ISBN-978-626-344-318-1

比较文学与世界文学研究丛书
二编　第七册　　　　　ISBN：978-626-344-318-1

英语世界的拜伦学术史研究（下）

作　　　者　韩周琨
主　　　编　曹顺庆
企　　　划　四川大学双一流学科暨比较文学研究基地
总 编 辑　杜洁祥
副总编辑　杨嘉乐
编辑主任　许郁翎
编　　　辑　张雅淋、潘玟静　美术编辑　陈逸婷
出　　　版　花木兰文化事业有限公司
发 行 人　高小娟
联络地址　台湾 235 新北市中和区中安街七二号十三楼
　　　　　　电话：02-2923-1455／传真：02-2923-1452
网　　　址　http://www.huamulan.tw 信箱 service@huamulans.com
印　　　刷　普罗文化出版广告事业
初　　　版　2023 年 3 月
定　　　价　二编 28 册（精装）新台币 76,000 元

英语世界的拜伦学术史研究（下）

韩周琨 著

目

次

第四章 国内研究的空白: 英语世界的拜伦残疾研究

　　作为十九世纪浪漫主义作家群中的重要一员, 拜伦以其诗名吸引了学界的大量关注, 但是却很少有人注意到拜伦的先天残疾具体是什么样的一种情况, 以及身体的缺陷对他的性格形成和创作之间的重要关联。在中国, 很多外国文学史以及拜伦的研究专著都会在他的生平部分提到拜伦天生的残疾——跛足, 但是均没有详细介绍或论说这一话题。在西方学界, 这同样是一个长期被忽略的问题, 安德鲁·埃尔芬拜因 (Andrew Elfenbein) 曾感慨道: "作为一个拜伦学者, 我一直觉得拜伦作为他那个时代在性绯闻和文学成就上最知名的残疾人, 在批评界却鲜有人关注到他的残疾这一点。每个人都约略地知道拜伦有局部残疾, 但很明显的是没有人就此想说点什么。确切地说, 那是没人找到可以将他的残疾转为一个思辨分析出发点的研究方法。"[1]意识到这一问题后, 埃尔芬贝因在《欧洲浪漫主义评论》上组了一期稿件专门就此话题展开论述, 提出了很多令人耳目一新的见解; 还有一些将自然科学与文学结合的跨学科研究的学术论文集也将目光投射到拜伦身上。所有关于拜伦残疾的论说, 对于我们更好地了解拜伦的性格与创作均有重要意义。

第一节 病症与病理

　　任何一本比较详细地涉及到拜伦生平的专著和作品集, 无一例外地都会

1　Andrew Elfenbein. "Editor's Introduction: Byron and Disability", *European Romantic Review*, Vol. 12, No. 3, (2001): 247-248. p.247.

提及拜伦的残疾。从这些介绍来看，首先可以令人生疑的一点就是，拜伦的残疾主要发生在什么地方？其实西方学界对这个问题以前讨论得相对不多主要是因为相关的记载太少，还有的资料是被有意地销毁了。从真实临摹拜伦的众多画像中，我们会发现一个共同点，那就是它们中的绝大多数都是只有半身像，其中有一张由乔瑟夫·奥德瓦尔（Joseph D. Odevaere）画于 1826 年的图像《拜伦勋爵的临终》（*Lord Byron on His Deathbed*），见图一。

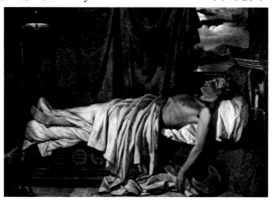

图一：*Lord Byron on His Deathbed*, 1826.

图像只能看到露出的左脚，而右脚可能是有意地用被单遮住了。因此想通过这些线索来了解他的跛足到底是什么样的症状很困难。那具体是什么样的一种病症呢？穆尔在《拜伦勋爵的书信和日志：以生平为导线》中说拜伦"生下来的时候就有一只脚从正常位置弯曲开来，并且这个病痛（主要是源于之前为了矫正它而作的尝试）给他早年带来了许多痛苦和不便"[2]。穆尔连具体是哪只脚也没有说清楚，同时也笼统地将部分原因推到了医生的治疗手段上。"他的母亲应该知道，怀着约翰·亨特能给点意见的期待，她给莱茵女士写信时非常肯定地说是'那是在右脚'。莱茵女士的观点是左脚有萎缩，但那不是一只跛脚。……拜伦的好友霍布豪斯说他的跛足发生在右脚，而归齐奥利女爵说是左脚。"[3]虽然众口不一，但是事实真相更偏向于跛足存在于右脚的说法。

关于拜伦残疾的还有一个重要线索是特里洛尼在《雪莱与拜伦的最后时光》（*Recollections of the Last Days of Shelley and Byron*）一书中的描写。在这本书中，特里洛尼详细地回忆了他对拜伦残疾的生前印象和他死后对这个问题的确证。

2　Thomas Moore. *Letters and Journals of Lord Byron: With Notice of His Life.* Paris: J. Smith, 1831. p.4.

3　H. Charles Cameron, M. D. Camb., F. R. C. P. Lond., "The Mystery of Lord Byron's Lameness", *The Lancet*, March 31, 1923. p.678.

在这本书中，他记述说在拜伦死后五六天，他才赶到迈索隆吉翁，那个时候，拜伦的尸体已经被洗净并作了防腐处理。因为在拜伦生前根本没法看到他的腿是什么样的，所以特里洛尼带着强烈的好奇心想一探究竟。趁着当时只有他和拜伦的一个仆人弗莱彻（Fletcher）在场，他便想了个办法——让弗莱彻去给他倒杯水喝。"他离开房间后，为了确证或解除我对他跛脚的疑惑，我拿开了他腿上的布，我的疑惑解除了，那个惊天的秘密揭开了。他的两只脚都是畸形足（clubbed），还有他腿上的肉一直萎缩到他的膝盖处——一个有着阿波罗（Apollo）的身形和样貌的人，却有着森林之神萨梯（sylvan satyr）[4]那样的一双腿"[5]。他的右脚"内弯"，"只有脚掌的边缘可以接触到地面，且那条腿比另外的一条要更短"[6]。但是令人费解的是，特里洛尼当时在 89 岁的高龄依靠他撰写的这本书获得了很大的名利，过后他重新出版了这本书，并作了一些修改，主要的修改部分就在他拿开尸布的所见："我揭开这个朝圣者脚上的尸布，然后获得了答案。那是因脚跟后部医生称之为腱鞘肌的肌肉萎缩所致，他的脚后跟因此无法着地，迫使他走路时只能用脚盘的前段部分发力。撇开这一缺陷，他的脚是完美的。"[7]

　　卡梅伦、堪布等外科医生认为特里洛尼之前可能有为了赚足读者眼球的嫌疑，所以在临死前为了求得内心的安稳而对再版的这本书作出了以上修改。并且他们根据特里洛尼及其他资料的叙述，作出定论认为"毫无疑问的是，拜伦勋爵在出生的时候受到损伤，导致他换上了轻微的痉挛性截瘫（spastic paraplegia）或其他小疾病"，正是这些后天的问题导致了他的脚腱肌肉收缩，并最终变成跛足。[8]而后来英国的外科医生丹尼斯·布朗尼（Denis Browne）在他的文章《拜伦的残疾问题》（The Problem of Byron's Lameness）中指出，拜伦的残疾是一种天生残疾（Congenital deformity），而不是先前卡梅伦（H. C. Cameron）发表在《柳叶刀》（Lancet）的文章所说的那样不算是残疾，而是一种僵直状态。[9]

4　根据希腊神话故事的描述，萨梯狄俄尼索斯的军士们的腿长得像马腿。

5　E. J. Trelawny. *Recollections of the Last Days of Shelley and Byron*, London: Edward Moxon, 1858. p.224.

6　E. J. Trelawny. *Recollections of the Last Days of Shelley and Byron*, London: Edward Moxon, 1858. p. 226.

7　H. Charles Cameron, M. D. Camb., F. R. C. P. Lond., "The Mystery of Lord Byron's Lameness", *The Lancet*, March 31, 1923. p.679.

8　参见 H. Charles Cameron, M. D. Camb., F. R. C. P. Lond., "The Mystery of Lord Byron's Lameness", *The Lancet*, March 31, 1923. p.679.

9　参见 Denis Browne. "The Problem of Byron's Lameness", *Proceedings of the Royal Society of Medicine*, Vol. 53, No. 6 (1960): 440-442.

拜伦对自己的残疾问题非常懊恼，因为与母亲的关系不和，他曾经将这个原因归咎为是母亲在怀孕期间穿了紧身衣，束缚了他的腿脚发育。斯图亚特·彼特弗洛恩德（Stuart Peterfreund）说"拜伦就他残疾的诱因问题可能错怪他母亲了，那很可能不是他母亲的紧身衣问题，而是小儿叶酸缺乏症，或是基因问题所致"[10]。还有拜伦曾经告诉特里洛尼说他小时候医生为了矫正他的脚型，让他"戴了几年的钢制夹板，这让他腿上的筋肉受到了扭曲，加重了他的残疾"[11]，而布朗尼从医学的角度对拜伦进行了纠正，他说因为拜伦的残疾是天生的，后天的矫正治疗不管如何，对他脚部的畸形"影响甚微"（slightest influence），他还指出，拜伦的这种天生的腿脚发育不良与像中国妇女缠足（Chinese foot-binding）这种后天的模制畸形是不一样的，为了说明问题，他作了一个简图以呈现拜伦的足部内弯，另外还找了一个与拜伦小腿畸形一样的案例图片以说明这种病理。分别见于图二和图三。

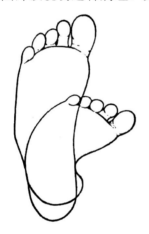

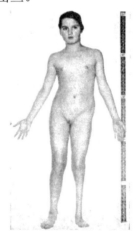

图二：足部内弯示意图　　　　图三：小腿畸形症状

　　布朗尼认为，拜伦的这种残疾，就算是放到当时，医学上也没有办法能够矫正或医治。[12]因此，从不同的医学推断来看，拜伦的残疾究竟是天生的还是后天形成的，还是没有一个统一的说法。但是就拜伦自己的观点和我们今天所能看到的资料来看，它们多数情况下都倾向于认为那是天生的残疾。

10 Stuart Peterfreund. Byron, "*The Deformed Transformed*, and the Problematic of Embodiment", *European Romantic Review*, Vol. 12, No. 3 (2001): 284-300. p.284.

11 E. J. Trelawny. *Recollections of the Last Days of Shelley and Byron,* London: Edward Moxon, 1858. p. 226.

12 参见 Denis Browne. "The Problem of Byron's Lameness", *Proceedings of the Royal Society of Medicine*, Vol. 53, No. 6 (1960): 440-442. pp.441-442.

据此，我们已经可以大致描绘拜伦的残疾情况：右脚脚掌内弯，脚底着地困难，他的跛足指的就是这只右脚；两腿长短不一，其中右腿要比左腿短；小腿先天发育不良，肌肉萎缩，且可能两条小腿都不同程度地存在这一问题。这样带来的直接影响就是，拜伦行走困难，走起来必定会出现一瘸一拐，所以他年青时就需要依靠拐杖行走。他的鞋子（应主要是右脚的）是特制的，"鞋跟很高，鞋垫内部出奇地厚，但外面看起来更薄，脚趾部位塞满了棉绒或羊绒。他的裤子膝盖以下很宽大，且下部用绳子捆住以完全包裹住他的脚"[13]。当拜伦小时候，因为体重总体不大，所以有拐杖协助的话他走路还能走一两英里远，但是后来随着体重增加，行走对于拜伦就变得尤为困难。特里洛尼认为拜伦在青少年时期发胖厉害的原因主要是他的残疾导致他行动不便，体重剧增，体重剧增的结果就是他的行走更加困难，以此恶性循环，以致后来他每走一小段路都要停下扶住墙或树来喘气，并且他不能坐地上，因为一旦坐下，他再想起来的话就会变得很费劲。不过也有文章指出拜伦患有严重的神经性食欲缺乏（anorexia nervosa），而且还属于易胖体质。该文章作者丹尼尔·刘易斯（Daniel Lewis）说拜伦以前常常要去伦敦的一个酒商那里测体重，所以在那里留下了一串关于拜伦体重变化的数据：拜伦的身高约为 5.8 英尺（约 1.76 米），1806 年的时候（拜伦 18 岁）是他体重的顶峰，达到 194 磅（约 88 千克）；他最轻的时候是 1811 年，重 124 磅（约 56 千克）。[14]为了控制体重的增长给他带来行动上的不便，拜伦对自己的饮食要求近乎苛刻，不论是什么样的场合，他严格遵守自己制定的饮食计划，长时间坚持每天只吃点面包和苏打水；他还做一些剧烈的运动，做蒸汽浴、嚼烟叶、服泻药、吃鸦片。

除了拜伦的残疾之外，迈克尔·菲茨杰拉德（Michael Fitzgerald）还指出拜伦患有注意力缺陷多动症（attention deficit hyperactivity disorder），这个病症在拜伦身上表现为他缺乏谋划和组织能力、习惯晚起、容易冲动、容易产生厌倦情绪；他可能还有对立违抗性障碍（oppositional defiant disorder），这是注意力缺陷多动症的一个并发症，他常常习惯以自我为中心，爱抱怨，不懂得站在他人角度思考问题；行为失常（conduct disorder）、反社会型人格障碍（antisocial

---

13 E. J. Trelawny. *Recollections of the Last Days of Shelley and Byron,* London: Edward Moxon, 1858. p. 226.

14 参见 http://unpretentiousblabberings.blogspot.com/2014/11/lord-byron-male-anorexic.html

personality disorder）和忧郁症（depression and hypochondriasis）也可能存在于拜伦身上。[15]菲茨杰拉德的这些观点只是一种猜测，他根据拜伦的行为表现和他人关于拜伦性格特征的描述，然后拿来与这些病症一一对照，并发出这种推测，还缺乏足够的证据。

第二节　性格的创伤

身体的缺陷对性格心理的影响是巨大的，这在拜伦身上体现得尤为明显。拜伦性格中最大的弱点是他对自身残疾的病态敏感，他为之感到特别苦恼和羞耻。可以说，拜伦后天性格的形成与他的残疾有着密不可分的联系，甚至起了决定性的作用。跛足是困扰了他一生的问题，因为这个残疾，他在对查沃思的爱情上受挫，在学校遭到同学嘲笑，在其他公众场合他羞于提及自己的残疾，他封闭、自卑的心理和后来强烈的好胜心都与残疾有直接关联。

一、封闭、自卑的心理

根据穆尔的描述，拜伦从小就对他的跛足异常敏感。拜伦生来有着英俊的面孔，惹人喜爱，但是看到他的脚，人们不禁惋惜："拜伦是个多么漂亮的孩子，可惜长了这样的一条腿"，每每听到这样的话，小拜伦眼里就充满忿恨，他的保姆经常打骂他，就连他的母亲也经常奚落他，嘲笑他这个"跛顽童"（lame brat）。[16]身边最亲密的人都奚落他不得已的身体缺陷，长此以往对幼小的心灵的伤害可见一斑，以至于最后拜伦始终认为母亲在怀孕期间也有责任，甚至母亲好心地请来医生给他矫正，也被认为与他的病痛加剧有关。天生的残疾本来就是个体所无法控制的，往往是社会的目光使这样的问题得到放大和凸显，不论是善意的怜悯，还是不经意的嘲笑，对于受害者的脆弱心理来说都是致命的。埃尔芬拜因认为，"在拜伦的作品中，身体会使心灵受挫的原因在于：身体的缺陷永远不可能能完全地受到栖居于其中的人的控制。躯体的问题不在于那无法管制的欲求，而是他人对待它的方式"[17]，身体会受伤，产生缺

15　参见 Michael Fitzgerald. "Did Lord Byron have Attention Deficit Hyperactivity Disorder", *Journal of Medical Biolography*, Vol. 9, No. 1 (2001): 31-33.

16　参见 Thomas Moore. *Letters and Journals of Lord Byron: With Notice of His Life.* Paris: J. Smith, 1831. pp.4, 10.

17　Andrew Elfenbein. "Byron and the Fantasy of Compensation", *European Romantic Review*, Vol. 12, No. 3 (2001): 276-283. p.271.

陷，而心灵不能控制它受到外界的轻视和嘲讽，并且外界的看法又不可避免地会引起心灵的反应。

　　身体的缺陷导致了他封闭、自卑的心理，这首先就表现在他不愿意让他人察觉他的残疾。拜伦非常在乎他人对他残疾的看法，小时候如此，成名以后他更加注意他的外表形象。他特制的鞋子和裤子是他有效地遮蔽身体缺陷的方式，在常人面前，他也绝不愿自己的残疾被他人察觉。例如，布莱辛顿女爵在《拜伦勋爵与布莱辛顿女爵谈话录》（*Conversations of Lord Byron with the Countess of Blessington*）中描述 1823 年 4 月 1 日第一次见到拜伦的时候，她写道："他行走有点笨拙，很明显，他受到挥之不去的残疾意识的支配，因为当他坐着的时候，他试着将自己的脚隐藏起来，当他行走的时候，他似乎有点紧张，走的有点快。他有轻微的跛脚，不过那跛得不是很厉害，直到现在我都还没看出来是哪只脚有问题。"[18]无独有偶，在特里洛尼面前，他也尽量遮蔽他的身体缺陷，"他进屋子的时候一路小跑，好像停不下来一样，坐定之后，他将情况更好的那条腿伸到前面，然后身体后倾以保持平衡"[19]，哪怕他们一起出去游泳，拜伦也从来没有向他展示过他的右脚。还有后来成为拜伦好友的托马斯·梅德温曾经在第一次见到拜伦的时候也写道："我本想核实一下他是否有一条跛足，但是很难将两只脚区分开来，不管是在形状上还是大小上。"[20]他们在见到拜伦之前都或多或少地已经听过过拜伦的残疾，于是带着这个疑惑想一探究竟，但是不论是后来的挚友还是普通人都很难从表面上看出来，因为拜伦已经习惯性地将那些部位隐藏，并在行动上尽量不让他人察觉。

　　不仅拜伦自己生前不愿意让他人注意自己的残疾，就连拜伦死后他的传记作家也不愿意详细提供相关信息。克里斯汀·琼斯（Christine K. Jones）在《残缺的转换：拜伦与他的传记作家关于他的残疾话题的描述》（Deformity Transformed: Byron and His Biographers on the Subject of His Lameness）一文中指出，拜伦的早期传记作家如穆尔和梅德温等人均没能相近地呈现拜伦残疾

18　Countess of Blessington. *Conversations of Lord Byron with the Countess of Blessington*, London: Henry Colburn 1850. p.3.

19　E. J. Trelawny. *Recollections of the Last Days of Shelley and Byron*, London: Edward Moxon, 1858. p.226.

20　Thomas Medwin. *Journal of the Conversations of Lord Byron: Noted during a Residence with His Lordship at Pisa, in the Years 1821 and 1822*, London: Henry Colburn, 1824. p.14.

的真实情况，他们仅仅从情感上推断这对他性格可能形成的影响；要想知道这种影响具体是什么样的，必须要从拜伦自己的回忆录或其他文字形式的材料才能确保可靠性。但是很遗憾的是，他在诗和通信中关于这个话题的文字材料都始终讳莫如深，可以提取出来的信息实在有限，"他的《回忆录》应当对这个话题有坦诚的讲述，但是众所周知的是，它在拜伦死后很快就被他的朋友和遗嘱执行人给烧毁了，他们这样做的动机类似于雪莱和济慈为了死后的名声而销毁生前他们自己写的回忆录一样"[21]。琼斯认为，他们之所以要将拜伦的回忆录烧毁，原因主要是其中大量涉及到拜伦自己对他的残疾的看法，而穆尔和拜伦的亲友们认为拜伦的这些描述要是公之于众更多地是会引起人们对这个话题的好奇和对拜伦的同情，还有一个目的是为了"尽可能地削弱残疾对他的行为、写作和名声的影响"[22]。这样做的结果自然会使拜伦研究的导向从残疾对性格和创作的影响这一个视角转移开来，或许在拜伦的亲友们看来，残疾只是拜伦个人的一个先天悲剧，为了拜伦作为一个更纯粹的诗人的名声着想，他的回忆录还是销毁为好。

如果说拜伦生前自己在各种场合，不论是对自己亲近的人还是泛泛之交，都着意不显露身体的缺陷，害怕他人注意到他的残疾后投射来异样的目光，反映了他不敢直面这个缺陷的自卑心理，那么他的亲友们在他死后选择烧毁他的回忆录同样也是顺着死者生前的心理意愿，避免让这个话题被常常拿来与他的生平和创作产生联系，就让他的残疾问题停留在个人悲剧上，保留原有的神秘色彩的动机同样也是可以理解的。好比是生前他们在他面前尽量避免触碰到他因身体缺陷造成的心灵上的这块伤疤，在他死后，他们宁愿让它复归平静，而不是让它成为人们反复提及的话题。

二、强烈的好胜心、缺乏安全感、不成熟的性心理

特里洛尼认为"他的残疾必然使得他变得充满怀疑、愤世嫉俗、易冲动"[23]，这并不是没有道理的。当拜伦生下来的时候，他母亲也嫌弃拜伦的残疾，甚至觉得那可能是一种诅咒，拜伦自己也曾对特里洛尼说"我希望我这条

---

21 Christine K. Jones. "Deformity Transformed: Byron and His Biographers on the Subject of His Lameness", *European Romantic Review*, Vol. 12, No. 3 (2001): 249-266. p.250.

22 Christine K. Jones. "Deformity Transformed: Byron and His Biographers on the Subject of His Lameness", *European Romantic Review*, Vol. 12, No. 3 (2001): 249-266. p.250.

23 E. J. Trelawny. *Recollections of the Last Days of Shelley and Byron,* London: Edward Moxon, 1858. p.28.

被诅咒的腿（accursed limb）在战争中被砍去"[24]，他们母子认为那是一种诅咒，在外人看来同样如此。拜伦母亲迷信的性格同样遗传给了拜伦，他觉得那天生的残疾就是神灵、命运对他的不公正体现。对上天的质疑，对人世不公的愤懑一直都是他性格中激进的一面。

上天的不公给了拜伦以不服输的性格。通常而言，身体的缺陷促使行动的不便和运动能力的下降，但是这在拜伦身上却不是这样的。穆尔回忆道："尽管他右脚的残疾对他的优雅是一种妨碍，但是那并没有束缚他的运动。在这样的情况下，很难想象那长裤遮蔽下的腿竟然还能有这么好的运动技能，让人不相信他的腿会有残疾。残疾意识在他身上体现的不一样的地方是，初次接触他、听他说话的人都能感觉到残疾成为他发展运动兴趣的一个源泉。"[25]据说拜伦最擅长的运动是游泳和骑马，"拜伦勋爵以自己是一名游泳健将而自豪。1810 年，他成功横游达达尼尔海峡——一条将欧亚大陆隔绝开来的海峡，这成为了他一生都值得骄傲的成就"[26]。除了游泳和骑马，他还爱好拳击和射击，练就了比较精准的射术。"他长大后离不开手枪，晚上他把手枪压在枕头底下，白天则随身携带"[27]。他在哈罗公学读书的时候，当同学嘲笑他的残疾，他会义无反顾地予以回击，甚至和别人动手打架，他从来没有因为自己的身体缺陷而畏缩，因此他的反抗精神还赢得了别人的钦佩。身体上的缺陷促使拜伦对自己的运动要求越加严格，残疾给他带来了安全感的缺失，因此只有通过自身后天的努力锻炼来弥补。

此外，他还通过频繁的性生活来使自己在精神性欲和生理性欲方面得到满足。斯坦福大学的矫形外科教授詹姆斯·甘布尔（James Gamble）认为拜伦对性的追求与他的残疾有关，就像《唐璜》的主人公一样，拜伦一直在"苦苦寻找性满足而不得，他不停地在变换性伴侣，不分对象的性别和年龄"[28]。这在 H. 罗林看来是一种不成熟的性心理："拜伦早期的性心理发育不成熟，他就像是航行在一片充满危险的海域，没有指南针、没有方向舵，而且他遭遇了

---

24 E. J. Trelawny. *Recollections of the Last Days of Shelley and Byron,* London: Edward Moxon, 1858. p.203.

25 Thomas Moore. *Letters and Journals of Lord Byron: With Notice of His Life.* Paris: J. Smith, 1831. p.503.

26 Lylelarsen. "Byron's Club Foot and Other Disabilities of Authors", *Literary Curiosities,* June 14, 2013.

27 H. R. Rollin. "Childe Harold: Father to Lord Byron?" *British Medical Journal,* Vol.2, No. 5921 (1974): 714-716. p.715.

28 James Gamble. "Lord Byron's Lameness", *The Pharos,* Summer 2016: 38-44. p.43.

海难。"[29]罗林认为拜伦的航行就是在寻找性满足，包括精神层面的和生理层面的。精神层面的就像是唐璜在寻觅理想的伴侣一样，生理层面就是他渴望一个理想的结婚对象。而实际上他一直在寻觅，却一直没有找到，并且还遭遇了婚姻的失败。他的性生活混乱，他先后抛弃过他的妻子米尔班克、情人兰姆，而且还与不同社会阶层的女子发生过性关系，"不过他似乎最喜欢那种既能扮演他的情人角色，又能充当他的母亲角色的妇女，例如大他几乎 20 岁的奥克斯福夫人（Lady Oxford）、大他差不多 40 岁的墨尔本夫人（Lady Melbourne）"[30]。"拜伦以一种极端的方式来追求性满足，具有讽刺意味的是，唐璜的欲求促使他一直在无情地追求女性以期遇到一个至少能给他带来性满足的女性"[31]。1808 年的时候，他自己也在给霍布豪斯的信中坦承自己坠入了性欲的深渊无法自拔，而且毫无疑问的是，拜伦还是个同性恋，这是他性心理不成熟的另一个表现。罗林指出拜伦在哈罗公学、剑桥大学，以及后来到雅典的时候身边一直都围有长相很好的男孩子和年轻人。

拜伦对自身残疾的强烈意识让他不自觉生成了这些性格上的特点，但是他这样的做法常常走在了极端上，他要维持体重，就必须依靠身体锻炼，所以后来当他在日内瓦的时候因为疏于锻炼就已经开始发胖了，同时因为过度的性生活，身体状况在变差。还有他的心理问题几乎就是不可医治的。不管怎样，在甘布尔看来，"拜伦迫使自己在身体竞技方面长于他人（横游达达尼尔海峡）、极端的节食减肥、酗酒、耽于女色，都可以被视为是拜伦对他身体残疾的补偿"[32]。

第三节　作品中的投射——以《畸人变形记》为中心

《畸人变形记》（*The Deformed Transformed*）[33]是拜伦创作的最后一部诗剧。拜伦从 1821 年开始这部诗剧的写作，但是因为其他事务的耽搁而没有完成；该剧于 1824 年 1 月交给出版社，2 月 20 日发表。诗剧分为两大部分，第

---

29 H. R. Rollin. "Childe Harold: Father to Lord Byron?" *British Medical Journal*, Vol.2, No. 5921 (1974): 714-716. p.716.

30 James Gamble. "Lord Byron's Lameness", *The Pharos*, Summer 2016: 38-44. p.43.

31 H. R. Rollin. "Childe Harold: Father to Lord Byron?" *British Medical Journal*, Vol.2, No. 5921 (1974): 714-716. p.716.

32 James Gamble. "Lord Byron's Lameness", *The Pharos*, Summer 2016: 38-44. p.44.

33 这一作品中文名为笔者自译。

一部分包含三幕，主人公阿诺德（Arnold）是一个天生的驼背，他自暴自弃地来到水池边准备自杀的时候，忽然飘来一团云雾，云雾中是一个又高又黑的陌生人身影。陌生人提议阿诺德用他的鲜血与他签订协议，只要阿诺德将他的灵魂抵押给陌生人，那么他就可以脱去他丑陋的躯干，换上一个他想要的英雄躯干。阿诺德先后拒绝了著名的古罗马政治军事家尤利乌斯·凯撒、古雅典政治家亚西比德、罗马神话中的酒神和植物神巴克科斯、古罗马政治军事家马克·安东尼、安提哥那一世之子德米特里·波里奥西提斯，最终选择了特洛伊战争中的战神阿喀琉斯。阿诺德换上了阿喀琉斯的外形，但是保留着阿诺德的名字，而陌生人则穿上了阿诺德驼背的外形，并给自己取名凯撒。凯撒充当阿诺德的仆人跟随他前往 1527 年进攻罗马城的战争。阿诺德和凯撒加入了波旁公爵的一方，在攻陷罗马城的战役中，阿诺德率先登上城墙立了头功。在罗马的神殿里，阿诺德赶走了劫掠的士兵，与凯撒一起救活了自杀的奥林匹娅。第二部分的第一幕开头的场景是许多农民聚集在罗马城门前歌颂战争后的和平，但是诗剧到此戛然而止。

一、创作缘起：最具自传性

这部作品被认为是拜伦"最具自传性的作品"[34]，它"提供了一个拜伦对自身残疾的想法和感受的视域"[35]。出版商在它的扉页广告是这样描述的：

> 这部作品部分地受启于一部叫做《三兄弟》（*The Three Brothers*）的小说，该小说作者是 M. G. 刘易斯（M. G. Lewis），出版于多年前，拜伦借用了其中的"森林恶魔"（wood demon）形象。此外，它还受到了伟大的歌德的《浮士德》的影响。当前版本只涵盖了它的前两部分与第三部分开头的一段合唱，剩余部分可能会在后期补上。

显然，这部作品随着拜伦的早逝成了一部永远都不完善的作品；从广告中也可得知拜伦读到过刘易斯的作品和歌德的《浮士德》，于是根据他们提供的灵感而创作出了自己的《畸人变形记》。我们不否认拜伦可能在创作这部作品的时候受到了他人作品的影响，但这不是拜伦的一贯作风，他从来不愿意在自己的创作中过于明显地显露自己受到别的作家影响，尤其是他同时代的作家，

---

34 Stuart Peterfreund. "Byron, *The Deformed Transformed*, and the Problematic of Embodiment", *European Romantic Review*, Vol. 12, No. 3 (2001): 284-300. p.293.

35 James Gamble. "Lord Byron's Lameness", *The Pharos*, Summer 2016: 38-44. p.43.

起初他的《该隐》出来后，歌德认为他的《浮士德》给拜伦提供了一个源泉，但是拜伦在与梅德温的谈话中坚决否认了这一点。[36]梅德温在《拜伦勋爵在比萨的谈话录》一书中也提到了这样一段细节，大致是说拜伦创作出了我们今天看到的《畸人变形记》后，将它拿给雪莱看，他对雪莱说："雪莱，我写了一部浮士德式的诗剧，跟我说说你对它的看法。"细细地读过之后，雪莱评价说："这是我读过的所有你的作品中最差的一部，它是对《浮士德》的一个糟糕的模仿，还有，里头有两行完完全全就是复制了骚塞的句子。"那两行诗出自骚塞的 *The Curse of kehamah*：

> And water shall see thee,
>
> And fear thee, and flee thee.

听到这里，拜伦脸色变得惨白，他二话不说，当即将手稿扔进了火堆。梅德温表示他不明白拜伦究竟是因为厌恶骚塞还是出于对雪莱意见的尊重，而要这样做。但是令人非常意外的是，两年后，《畸人变形记》宣布要出版。梅德温猜想拜伦可能是当时誊抄有另外一份，也可能是拜伦重写了，因为拜伦对自己的作品拥有非常好的记忆力，最终出版的版本仅仅删改了来自骚塞的那两行，其他的一字不变。[37]

拜伦当然意识到这部作品与歌德的《浮士德》非常相似，而且他从来没有公开否认他在这部作品中对歌德的模仿，他当时义无反顾地要销毁手稿似乎只是一时的冲动，也有可能只是故意为了做给包括雪莱在内的众人看。毕竟在雪莱死后不久拜伦又重新拿出这部作品并且准备要将它出版，它似乎是拜伦长久以来酝酿要写，并一定要让它出版的一部作品。雪莱的妻子玛丽曾经负责帮助拜伦誊抄该作品的手稿，当她于 1823 年将她抄写好的手稿交给穆尔等人的时候，她在封底写了这么一段话：

> 这是拜伦勋爵一直以来就很喜爱的一个主题，我记得他在瑞士的时候就已经提过它。他每次都给我寄一部分，直到写完，我给自己抄了一份。当时他很害怕有人会指责他剽窃，或者说他心中有想法，但是写得很吃力……因此，他从动笔后每次完成一部分都要注明日期，以示他写作效率之高。我不认为他完成这部作品后曾更改

---

36 关于此，可参见本书第三章第四节"拜伦的影响：接受的万象"。

37 参见 Thomas Medwin. *Journal of the Conversations of Lord Byron: Noted during a Residence with His Lordship at Pisa, in the Years 1821 and 1822*, London: Henry Colburn, 1824. pp.151-152.

过任何一个字，他下笔前就已经在脑子里构思和修改好了。我不清楚他写这部作品的用意是什么，但他自己说过这个故事是他先前构思好的。他给我重复过说里面有一部分暗指到了他的残疾，以免这种说法出自他人之口。拜伦勋爵没有哪一个举动、哪一行诗不是受到他的身体缺陷影响的。[38]

玛丽虽然没有很确定地说出拜伦的写作动因，但是她很倾向于认为拜伦要在这部作品中发表他对自身残疾的看法。作品中暗指到他残疾的那一部分应该指的就是作品第一幕的开端部分，主人公阿诺德与他的母亲伯莎对话，母亲奚落、斥责他形象丑陋，让他离开她的视线。伯莎已经听不进阿诺德的苦苦哀求，她形容他为刺猬、毒蛇，不准许他叫她母亲，只想让他赶紧出去。根据这部作品的开场，穆尔也联想到拜伦生前每每提到讲到他的残疾，都表现得很敏感、恐惧和羞耻，就连他的母亲也叫他"跛顽童"，"由此我们发现，在《畸人变形记》这部诗剧的开场是这样的：

伯莎：出去，你这个驼背！

阿诺德：母亲，我生来就是这样！

我们可能会发问这整部作品的缘起是否都是因这一段记忆而来"[39]。如果说玛丽和穆尔的猜测还不足以完全证明此，布莱辛顿女爵记录的拜伦的谈话录便更具可信度。在《拜伦勋爵与布莱辛顿女爵谈话录》中，拜伦向她倾诉说：

我那可怜的母亲差不多每天都有发怒的时候，这有时候让我都快要发狂，尤其是当她盛怒的时候，她要拿我的残疾说事。我只有独自一人跑到别人看不见的地方去发泄我的不快和屈辱，我咒骂自己的残疾，现在我都开始认为那是上帝对我不公平的一种表现。那些痛苦的回忆，直到现在在我脑海中都记忆犹新，它们腐蚀着我原本多愁善感的心灵，摧毁了我的性格，使我变的喜怒无常。正是那个时候的记忆催生了《畸人变形记》。我常常回想起小时候的日子，自己都很惊讶那段记忆的感觉会如此深刻。第一印象总是难以忘怀。我可怜的母亲还有我的同学，他们对我的嘲讽让我觉得

38　Moore, Walter Scott etc. ed. *The Complete Works of Lord Byron*, Paris: A and W. Galignani and Co., 1835. p.488.

39　Thomas Moore. *Letters and Journals of Lord Byron: With Notice of His Life.* Paris: J. Smith, 1831. p.10.

> 我的残疾是我一生最大的不幸，而且直到现在我都无法淡忘这种感觉。[40]

听完拜伦的倾诉后，布莱辛顿女爵对拜伦表示了同情和理解。既然他提到了《畸人变形记》的写作动机，她还试着提醒了他这部作品的宣传写的是受到《三兄弟》和《浮士德》的影响，拜伦亲自承认了那也是没错的。[41]但是从拜伦的自述和穆尔、玛丽等人的回忆来看，拜伦更多的是为了在这部作品中抒发他多年以来对自己残疾问题的感想，间接地在阿诺德与母亲的对话中还原他童年时期的场景。重新回到这部诗剧的开头，伯莎残酷地勒令阿诺德离开她的视线，后者怏怏地出门去砍柴，结果一不小心伤到了手，看着流下来的血，他开始反思自己受到的诅咒，怀疑自己的归属。来到水池边洗手的时候，看到水中的倒影，阿诺德自己都不敢直视，甚至觉得水也在嘲笑他，于是他想到自己活在世上是个负担，是种耻辱，然后他渐渐地思考自己活在世上的意义，产生了轻生的念头。陌生人打断他自杀的尝试并让他成功变形后，阿诺德再次与陌生人就他的残疾问题发表看法，他认为他的残疾使得他背上好像有大山的重量一般，压得他喘不过气；因为残疾，他得不到爱，注定孤独。整个阿诺德的语调都充满了沮丧和忧郁。

联想到拜伦最推崇的英国诗人蒲伯，莱尔拉森认为拜伦喜爱蒲伯可能出于他们之间的共同点，即两个人都是浪漫主义和新古典主义诗人，都以作品的善辩闻名，还有就是两个人都身患残疾，这让他们有了共同语言。[42]不过蒲伯的残疾可能是他在婴儿时期因为受到奶妈的奶细菌感染，导致肺结核，进而影响了骨骼发育，再致使他的脊柱弯曲，最终让蒲伯长大后变成了一个驼背。还有拜伦的好友司各特，也是因为生下来不久因为患有小儿麻痹症，导致终生腿残，两人能形成深厚的友谊不排除因为身体的缺陷而能更好地理解对方意志的可能。拜伦与蒲伯、司各特都是作为残疾人而取得文学上巨大成功的典型案例。

由上可以确定的是，拜伦这部作品的确有回忆他童年时候的遭际，以及为

---

40 Countess of Blessington. *Conversations of Lord Byron with the Countess of Blessington*, London: Henry Colburn 1850. pp.128-129.

41 参见 Countess of Blessington. *Conversations of Lord Byron with the Countess of Blessington*, London: Henry Colburn 1850. p.130.

42 参见 Lylelarsen. "Byron's Club Foot and Other Disabilities of Authors", *Literary Curiosities*, June 14, 2013.

了表达他对自身残疾的认识的动机，但是如果仅凭这一点而认定这部作品最具自传性似乎偏于狭隘。贝妮塔·艾斯勒（Benita Eisler）通过查看拜伦在哈罗公学读书时候的经历发现，有感于自身的残疾，拜伦自小就有非常强烈的竞争意识，他在当时班上将散文改成韵文的竞技中始终都是最优秀的之一，"可能他罕见的努力造就了他成为更加杰出的一员"，"在创作于差不多二十年后的诗剧《畸人变形记》中，拜伦很清楚地诠释了他的残疾与他立志成为伟大的惊人毅力之间的关系"[43]。艾斯勒认为该作品中的下列几行可以作为拜伦对这种关系的诠释：

> 有身体缺陷的人是无畏的。
>
> 他们存在的本质就是为了在心与灵魂上
>
> 超脱其他人类，并且使自身成为
>
> 和其他人同样平等，乃至更高一等的存在。
>
> 在他们的背后有有一根马刺，
>
> 鞭策着他们成为他人所不能成之人[44]

拜伦把残疾当做自身前进的动力，现实的拜伦虽然没能改变残疾的身体，但是通过努力，用多产的文学创作实现了自己的"变形"。同时这部作品也映证了拜伦内心深处渴望摆脱残疾的愿望，因为他自始至终认为"因为有一条残疾的腿，就没有一个完美的外观"[45]，只不过拜伦并不是把自己想象成剧中的阿诺德，而是利用阿诺德的变形与陌生人穿上阿诺德原来的残疾驱壳后的比照深度阐发他对残疾问题的思考。

二、直面偏见：拜伦的残疾观

《畸人变形记》集中反映了拜伦的残疾观。如前所述，拜伦生前对自身残疾极为敏感，通常情况下与他人交流，他都会回避这个话题，即便与人谈起，他也只是提到他小时候的一些经历，并以之联想到《畸人变形记》的创作缘起。

---

43 Benita Eisler. *Byron: Child of Passion, Fool of Fame*, New York: Random House, inc., 1999. p.76.

44 原文为：Deformity is daring./ It is its essence to o'ertake mankind/ By heart and soul, and make itself the equal -/ Aye, the superior of the rest. There is/ A spur in its halt movements, to become/ All that the others cannot. (George G. Byron. *The Deformed Transformed: A Drama*, London: C. H. Reynell, 1824. p.26.)

45 Countess of Blessington. *Conversations of Lord Byron with the Countess of Blessington*, London: Henry Colburn 1850. p.130.

在这部作品之前，拜伦在《唐璜》中也提到一点关于残疾的线索，即第八章的
第83-85诗组，里面写道：

一个俄国军官高视阔步走过
成堆的死尸时，感到他的后脚
突然被咬住，凶狠得像是夏娃
留给后代去承受的蛇的噬咬。

……

那牙齿只满意地啃住他不放，
宛如古代那条蛇捉弄人一样。

这个濒死的回教徒

……

以牙齿咬住那最敏感的脚腱，
（就是古代的缪斯或近代学者
以你而命名的部位，阿其里斯！）

……

直到头割下来，它和腿还相连！

不管事实如何，可以肯定的是：
那个俄国军官终生是废了，
敌人牙齿比烤肉叉还叉得深，
使他不得不列居于伤病号。
联队里的军医也束手无策，
因此他所受的责备可不小！
也许罪咎还甚于那死敌的头：
它虽然被割下，还不肯松口。

还有这一章第110诗组：

第五个由基督教的母亲所养，
一向受虐待，因此也长得畸形，
他却战到最后一口气才作罢，
为了救那生他而脸红的爸爸。

克里斯汀·琼斯（Christine K. Jones）认为第 83-85 诗组描述的是残疾是如何产生的，即因为战争和医生的无能；第 110 诗组证明即便是身患残疾的人同样有能力在战场上做到正常人所能做到的事，不管他的父亲和母亲如何不喜欢他。[46]

不过，《畸人变形记》的主题讲的是阿诺德如何从残疾转换成一个战神的完美躯体的故事，相对来说是直接将他的残疾问题公开化了，而且是把它置放到了社会历史的语境之下。故事的主人公阿诺德是一个丑陋的驼背，后来出现的陌生人是一个有超能力的魔鬼，阿诺德与凯撒（Cesar，即前面的陌生人）卷入的是 1527 年的"罗马之劫"，这一系列的人物、情节、以及场景设置在马杰恩·普林顿（Marjean D. Purinton）看来都是哥特技巧式的奇异风格（Techno-Gothic Grotesque）。拜伦在一部诗剧中这样的设置要想搬上舞台可以说是很不实际的，但是拜伦不以一个身体健全的人物作为主人公，而是取材于一个大众眼中的"异类"，这样可能会让观众觉得很惊异，甚至有人会觉得那是惹人嫌厌的。即便如此，可以确定的是这样的设置有一定的吸引力，以这样的人物放到剧中可以让读者将目光聚焦到残疾的问题上。普林顿认为，"科学和舞台合力催生了对肉体的新认知，它们将肉体转换成一个文本，供经过训练的医学视角和带着好奇心的观众去解读"[47]。普林顿所说的科学（science）和医学（medicine）方法和视角指的是系统地剖析拜伦用的哥特技巧式奇异风格，像解剖人的躯体一样去把这部剧中的奇异部分找出来，分析它们如何被运用的。像阿诺德、凯撒都属于奇异风格的部分，因为它们都有身体的缺陷——阿诺德在变形前是驼背，变形后成为阿喀琉斯依然有一个致命的缺陷，即他脆弱的脚后跟；凯撒一开始是一个没有确定形态的魔鬼，后来套上的是阿诺德换下的驼背躯壳。还有这部剧本身就是一部不完整的作品，拜伦没有来得及完成它，所以它也是残缺的。拜伦把这样的部分放到读者面前，本身就是对残疾问题的直面，不惧评论家的剖析，并用自己的残疾观来与普通读者的先见形成比照。

不过普林顿只是把拜伦的残疾主题及与之相关联的哥特式技巧呈现出来，没有进一步说明拜伦想要表达的残疾观与普通读者所代表的整个社会的

46 参见 Christine K. Jones. "'An Uneasy Mind in an Uneasy Body': Byron, Disability, Authorship, and Biography", in Michael Bradshaw ed., *Disabling Romanticism: Body, Mind, and Text*, London: Macmillan Publisher Ltd., 2016. p.155.

47 Marjean D. Purinton. "Byron's Disability and the Techno-Gothic Grotesque in *The Deformed Transformed*", *European Romantic Review*, Vol. 12, No. 3 (2001): 301-320. p.302.

先见进行详细对比。莎伦·斯奈德（Sharon L. Snyder）在她的论文《重新定义
〈畸人变形记〉中的残疾》（Unfixing Disability in Lord Byron's *The Deformed
Transformed*）中指出，"拜伦在《畸人变形记》中对莎士比亚将身体残疾比喻
为道德沦丧的观念进行挑战，意图说明身体的残疾与人性的邪恶集于一身只
是一种偶然的社会行为，而不是生理必然"[48]。在作者看来，莎士比亚在《理
查三世》（*Richard III*）这部戏剧中塑造了一个心狠手辣的驼背人理查三世，身
体缺陷与内心邪恶之间似乎存在有必然的联系，拜伦颠覆莎士比亚对残疾的
定义具有"个人的和政治的必要性"[49]。换句话说，拜伦重新定义残疾是为了
纠正社会历史上中长期存在的对残疾的偏见。首先，拜伦把残疾搬上舞台的第
一幕就着意强调阿诺德的残疾是与生俱来的，他自己没法控制它的发生，如果
残疾是一种诅咒，那么阿诺德就是一个无辜的受害者；伯莎"扮演的是阿诺德
所处的邪恶社会的一个不公正的代表角色"，她对阿诺德的伤害是逼迫他走
向自杀的关键因素。对阿诺德的残疾进行澄清，透明化伯莎的不公正立场为拜
伦接下来的编排作了一个基调性的铺垫。其次，阿诺德遇到了一个"化身的难
题"（conundrums of embodiment）。阿诺德为他的驼背伸冤说自己是无辜的，
尽管陌生人也安慰他说"你的形体是正常的：只是上天误将本该赐予他物的
东西安置到了人的身上"[50]，但是阿诺德还是很期待甩掉这副驱壳，因此难题
出现了：倘若阿诺德急切地想要摆脱它，那就愈加说明阿诺德深受社会偏见的
影响，相当于他在很大程度上是认可那种原本就不公正的标准。变形后的阿诺
德"对自身外表的狂喜讽刺性地暴露了他欲望中的本质弱点"[51]，而且这种
"'机遇式的治愈'（opportunistic cure）最终证明残疾的消除并不等于主人
公完全走出了那源于社会偏见造成的窘境"[52]，他还是生活在这样一个充满偏

48 Sharon L. Snyder. "Unfixing Disability in Lord Byron's *The Deformed Transformed*", in
   Bodies in Commotion: Disability & Performance, Carrie Sandahl and Philip Auslander
   ed., Ann Arbor: The University of Michigan Press, 2005. p.269.
49 Sharon L. Snyder. "Unfixing Disability in Lord Byron's *The Deformed Transformed*", in
   Bodies in Commotion: Disability & Performance, Carrie Sandahl and Philip Auslander
   ed., Ann Arbor: The University of Michigan Press, 2005. p.271.
50 George G. Byron. *The Deformed Transformed: A Drama*, London: C. H. Reynell, 1824.
   p.14.
51 Sharon L. Snyder. "Unfixing Disability in Lord Byron's *The Deformed Transformed*", in
   Bodies in Commotion: Disability & Performance, Carrie Sandahl and Philip Auslander
   ed., Ann Arbor: The University of Michigan Press, 2005. p.276.
52 Sharon L. Snyder. "Unfixing Disability in Lord Byron's *The Deformed Transformed*", in
   Bodies in Commotion: Disability & Performance, Carrie Sandahl and Philip Auslander
   ed., Ann Arbor: The University of Michigan Press, 2005. p.277.

见的社会，只不过他暂时性地逃离了它的迫害。再次，到了罗马战场上，拥有阿喀琉斯身形的阿诺德与佝偻的凯撒形成了对照，阿诺德为了证明自己的能力，勇敢上阵，这就在潜意识中巩固了他对形体美的认知；凯撒因为残疾被人看不起，不过他并不因此沮丧，而是把他的潜在能力表现在了头脑上，他的运筹帷幄比战场的勇猛更加重要。残疾的凯撒反衬了身体健全的人对身体的过分依赖，并有可能使之更常暴露在受伤的危险之中。他充当了一股"解构的力量"（deconstructive force），将那些物质世界中看似坚固的静态观念消解，他站在残疾的立场用智慧"消除了人类的偏见"。"通过在艺术上对系统经验主义的陈规发出挑战，拜伦对那种基于外表的经验方法发出质疑，他指出那种方法无法完全解释人的不受主观控制的形体变化。"[53]最后，奥林匹娅的垂青彻底颠覆了残疾的定义。罗马城被攻陷后，阿诺德被神殿祭司的女儿奥林匹娅吸引，而后者不但不感激他赶走了劫掠的士兵，反而怨恨阿诺德造成了这场洗劫。更加戏剧性的是，奥林匹娅对同样作为追求者的残疾凯撒更有好感，这无疑让拥有健美身形的阿诺德百思不得其解，同时也失落了读者的期待。"为了完成这个具象的迂回，拜伦引入了一个女性的视角：开场时的母亲伯莎站到了一个社会权威的立场，她将儿子的自我形象界定为是一个残缺的个体；陌生人对奥林匹娅的追求给予了残疾人以许可，让他们在征服异性的爱的领域重获曾经失落的优势。"[54]

普林顿和斯奈德的分析从整部作品的人物设置和戏剧编排入笔，展现了拜伦是如何利用哥特技巧式的奇异风格来吸引读者的注意力，将残疾这样一个过去传统所忽视的主题放到了引人注目的舞台上，并以迂回的方式才从男性的战场和女性的爱来验证残疾与非残疾之间的能力差别，进而颠覆社会长久以往对不受主观控制的残疾的偏见。在拜伦看来，天生的残疾非个体所能左右，后天健全的身体时刻暴露在残疾的威胁之中；健全的身体具备了外在的美，残缺的身体可能在其他方面收获了补偿；不论是形体是否健全，不同的个体均有同等的追求爱的权力，不健全的形体下同样可以拥有一颗健全的心灵。

53　Sharon L. Snyder. "Unfixing Disability in Lord Byron's *The Deformed Transformed*", in *Bodies in Commotion: Disability & Performance*, Carrie Sandahl and Philip Auslander ed., Ann Arbor: The University of Michigan Press, 2005. p.279.

54　Sharon L. Snyder. "Unfixing Disability in Lord Byron's *The Deformed Transformed*", in *Bodies in Commotion: Disability & Performance*, Carrie Sandahl and Philip Auslander ed., Ann Arbor: The University of Michigan Press, 2005. p.282.

三、补偿的悖论、诗性的升华

拜伦通过《畸人变形记》证明，残疾只是生理上的瑕疵，与人在精神上的健全与否无必然联系。如同目盲的人通常耳聪一样，很多时候人的残疾甚至有助于其他方面潜能的发掘。在社会历史语境中，残疾受到了不公正的理解和待遇，所以身患残疾之人在很多方面不能像正常人一样获得应有的认同，那么他们对爱的追求欲望就会受到压抑，这就可能激发他们在其他方面寻找补偿。

埃尔芬贝因在《拜伦与补偿的想象》（Byron and the Fantasy of Compensation）一文中列举了约翰·弥尔顿（John Milton）、塞缪尔·约翰逊（Samuel Johnson）和华兹华斯的例子来说明他们都从残疾中获得了补偿的想象。弥尔顿是个盲人，在《失乐园》（Paradise Lost）中，表达过他因为眼睛看不见却补偿了他在诗歌中可以吟咏出凡人所无法看见的东西之意，"身患残疾的个体通过克服残疾使自己变得更加强大"，"尽管弥尔顿最终没有恢复眼睛的视力，但他收获了先知的洞见，这要比眼睛的视力更加可贵"[55]。约翰逊没有身体残疾，不过他在《西苏格兰岛之旅》（Journey to the Western Islands of Scotland）中叙述了一个专门招收耳聋学生的学校是如何帮助学生克服耳聋带来的听觉障碍的，最后那些学生可以凭借眼睛观察说话者的嘴唇、牙齿、喉咙等发声器官的变动来辨识说话内容。延及整个人类的进化，可以说文明的进程本身就是一个通过不断克服缺陷而获得更强的生存能力的过程。还有身体健全的华兹华斯在《丁登寺》（Tintern Abbey）中臆想自己患有残疾，好像丧失了感知自然的身体能力，然后他在体验和克服残疾的过程中使自己领会自然的思想和智慧变得深邃。

回到拜伦，欧文·高夫曼（Erving Goffman）认为"身患残疾的个体可以尝试通过个人努力，去做一些通常认为是身体不健全的人的短板的运动来间接地改变他的状况。比如有腿残的人学习或重新学习游泳、骑马、打网球、跳伞，眼睛看不见的人成为滑雪和登山方面的专家"[56]。拜伦就属于这种群体中的一员，他对自己的残疾非常敏感，所以性格好强的他在运动中发泄，企图在一些体育运动项目上和过度的性生活来证明自己身体的能力。不过埃尔芬贝因通过审视拜伦的生平表现和文学创作，发现这种补偿的想象在拜伦身上的

---

55 Andrew Elfenbein. "Byron and the Fantasy of Compensation", *European Romantic Review*, Vil. 12. No. 3 (2001): 267-283. p.268.
56 Erving Goffman. "Selections from Stigma", in Lennard J. Davis ed., *The Disability Studies Reader*, New York: Taylor & Francis Group, 2006. p.134.

体现与弥尔顿等人不同，他认为拜伦这种补偿的方式更多地像是在证明自己具备这样的能力，"补偿变成了过度补偿（overcompensation）"[57]。拜伦在生活中寻求补偿的方式反映了他渴望在身体上获得与正常人一样的能力，但是他在《畸人变形记》中则从侧面反映了残疾给补偿的想象带来的收益。这部诗剧不是直接讲述阿诺德的残疾如何让他变得更加强大，而是通过他的变形——从一个残缺的形体变成一个健硕的战神。怀着要想获得爱，就必须有形体上的美的愿望，阿诺德拥有阿喀琉斯的驱壳后不仅没有获得奥林匹娅的爱，而且最终发现如果他继续这样投入战场，那么就会沦为像波旁公爵那样"对权力徒劳追求"，且这种一味地勇猛不会让他成为勇猛的正面范例。阿诺德因为形体丑陋而渴望变形，变形后又没有获得想要的爱和荣誉；而换上佝偻形体的陌生人凯撒，却在伴随阿诺德冒险中证明他的残疾给他带来了睿智和奥林匹娅的爱。这样就从侧面证明，身体的残疾相对于身体的健全有更好的机会去观察和反思人类的事业，在克服残疾的过程中找到其他弥补身体缺陷的方式，并在最后收获理想的爱。因此，在埃尔芬贝因看来，"拜伦的这部诗剧说明放弃残疾带来灾难，体形越是健美，越是容易携带上人性中的愚蠢"；更重要的是，拜伦用他切身的残疾体验证明："他不可逆转的残疾"在想象上收获的补偿要比华兹华斯和约翰逊等人在精神上的残疾臆想收获的补偿强烈得多。[58]

弗洛伊德在发表于 1908 年的文学论文《创作家与昼梦》中提出文学创作是作家的白日梦的重要观点，他认为作家记忆中经常萦绕有童年时期的回忆，这种强烈的经历会让作家产生愿望，这种愿望通常可以从创作性作品中得到满足，"作品本身显示了不久前使人兴奋的际遇的因素，也显示了过去记忆中的因素"[59]。这种理论同样适用于剖析拜伦的创作行为。在《畸人变形记》中，拜伦的残疾主题反映了他从童年时期起就常常困扰他的心理症结，过去的他有理由对自己的残疾感到羞耻，因为作为一个社会人，生活在那样的语境下，不免被他人嘲笑。他的母亲、同学如此，甚至街头的乞丐都有嘲笑他的残疾的意识。穆尔关于拜伦的回忆录里讲到这样一个故事：

57　Andrew Elfenbein. "Byron and the Fantasy of Compensation", *European Romantic Review*, Vil. 12. No. 3 (2001): 267-283. p.269.

58　参见 Andrew Elfenbein. "Byron and the Fantasy of Compensation", *European Romantic Review*, Vil. 12. No. 3 (2001): 267-283. p.280.

59　[奥]齐格蒙德·弗洛伊德著，侯国良、顾闻译：《创造性作家与昼梦》，载《文艺理论研究》，1981 年第 3 期，第 153 页。

拜伦勋爵与贝利先生手挽着手漫步在大街上，这时候，发生了非常令人痛心的一幕。拜伦勋爵看到一个不幸的妇女躺在一个门前的台阶上，出于同情，他给了她几枚先令；但那个妇女不但没有接受，反而激烈地推开他的手，一边发出一种嘲笑的喊叫，一边模仿着他跛脚的步态。他什么也没说，但是"我可以感觉到"，贝利先生说，"当我们离开那个妇女的时候，他的手臂在颤抖"。[60]

还有亨利·布鲁厄姆在《爱丁堡评论》上发表的对《闲散的时光》的攻击，也蓄意地用了"蹩脚的诗组"（hobbling stanzas）、"蹩脚的诗行"（hobbling verses）、"丢失的韵脚"（missing feet）[61]来挖苦拜伦。在这样的背景中忍受残疾，拜伦必然幻想改变残疾的状况。只不过他不能直接地表露他对自身残疾的抱怨，也不便于直截地发表他的残疾观，所以他就在《畸人变形记》中迂回式地表达了他的思想。弗洛伊德说，作家通常会"小心翼翼地把幻想掩饰起来，不让他人知道"，"经过一番改动和伪装，作家把以自我为中心的昼梦特征柔化了，并且通过在描述幻想时所提供的纯形式上的——即美的——快感来引诱我们"[62]。可以说，《畸人变形记》就是这样被改动和伪装后的作品，只不过他的幻想不是要让自己拥有一副健全的躯体，而是企图颠覆社会对残疾的偏见。

第四节　残疾研究的总结与反思

查阅拜伦传记后不难发现，与他的残疾有关的故事和谈话其实并不在少数，[63]虽然拜伦在很多时候缄口如瓶，不愿多说，但他已经陈述清从童年时候开始的周遭环境对他这种意识形成的重要影响，那就是整个社会文化把他的

60　Thomas Moore. *Letters and Journals of Lord Byron: With Notice of His Life*. Paris: J. Smith, 1831.p.123.

61　Andrew Rutherford ed.. *Byron: The Critical Heritage*, London: Routledge and Kegan Paul, 1970. pp.27-32.

62　[奥]齐格蒙德·弗洛伊德著，侯国良、顾闻译：《创造性作家与昼梦》，载《文艺理论研究》，1981年第3期，第154页。

63　克里斯汀·琼斯在她的另外一篇文章《"不安的身体里一颗不安的心"：拜伦、残疾、写作与传记》（"'An Uneasy Mind in an Uneasy Body': Byron, Disability, Authorship, and Biography", in Michael Bradshaw ed., *Disabling Romanticism: Body, Mind, and Text*, London: Palgrave Macmillan, 2016.）详细地呈现了大量拜伦传记中与残疾有关的情节。

残疾当做一种差异来看待，就像是对性格和人种的偏见一样，这种异样的眼光促使他无法摆脱残疾给他带来的苦恼。天才的诗人凭借远远超出常人的感知能力而能把细腻的情感转化成美的文字，勾起读者的感同身受。因为他们的敏感，小小的快乐会被他们放大很多倍而变成狂喜，同样地，在一般人看似不经意的忧伤被他们放大后会变成无法治愈的忧伤。对于拜伦这样一位天性敏感的诗人，来自外在的刺激，很容易让他的情感泛起波澜。通过心理上的挣扎与身体上为克服残疾而做出的努力，让拜伦变得既勤勉又勇敢。培根说："所有的残疾之人都是非常勇敢的。在起初，他们勇敢是为了受人轻蔑的时候要保护自己；但是经过了相当的时间以后这种勇气就变成一种普遍的习惯。"[64]只不过这种勇气在拜伦身上不仅仅表现在他克服残疾的过程，还表现在他的愤世嫉俗，与整个人类社会相对抗的精神。如果单纯地从残疾对他的写作的刺激来说，这对拜伦是有无限裨益的。肯尼斯·伯克（Kenneth Burke）说："诗人自然而然地会描写那些最常萦绕在他们脑海中的东西，没有什么比负担更让诗人焦虑了，那些负担包括有形体天性，如疾病。我们要赢得胜利，就须利用我们的不足，把亏欠变成资产，把负担当成领会的根基。由此，诗人可能能从他们的不利中占有一种'既得利益'：这些不利因素会成为他们方法中的组成部分。"[65]拜伦没有得到造物主在形体上的公正对待，但是在诗才上获得了补偿；残疾成为他的负担，也成了对他创作的一个刺激性推动。

拜伦的残疾研究除了传记中关于这个话题的记叙之外，主要集中于医学的和社会文化的两个视角。其中医学的视角主要是拜伦残疾的病症和病理研究，而且参与讨论的主要是从事外科研究的学者，包括卡梅伦、布朗尼、堪布等学者在《柳叶刀》《英国皇家医学学会论文集》（Proceedings of the Royal Society of Medicine）等权威刊物上均有发表文章专门讨论这个话题。医学视角来研究这个问题的一个最大困难就是，拜伦的跛足问题对他门来说是个谜（mystery），为了解开这个谜题，他们不得不参照各种历史材料中对这个问题的描述，而那些描述往往又不完全准确，有很多甚至是相悖的。所以，基于不完全可靠的材料做出的推断也只能是一种猜测，或者说是一种医学审察的观点。我们无法确定拜伦的残疾具体有多严重，但可以肯定的是那对他的心理造成了一生的困扰。

---

64 [英]培根著，水天同译：《培根论说文集》，北京：商务印书馆，2009 年，第 163 页。

65 Kenneth Burke. *The Philosophy of Literary Form: Studies in Symbolic Action.* 3rd ed. Berkeley: University of California Press, 1973. p.17.

埃尔芬贝因说在批评界很少有人注意到拜伦的残疾，这主要指的是那时候从社会文化的视角来审视这个问题在学界还是一片空白。2001 年，埃尔芬贝因、琼斯、彼特弗洛恩德、普林顿四人发表在《欧洲浪漫主义评论》的这一期文章就是集中从这个视角对该问题的探讨。埃尔芬贝因对他们这种残疾研究范式定义为："残疾研究不把身体视作原初的隐喻（ur-metaphor），而是视作成一个知识的历史对象，它将宗教、科学、法律和文学这些因素考虑进来，目的是将过去把残疾看成是他物的象征的理论转换成一个独立的残疾话语" [66]。罗斯玛丽·汤姆森（Rosemarie G. Thomson）与埃尔芬贝因等四人发表在《欧洲浪漫主义评论》同一期的文章《拜伦与新残疾研究：一个回应》（Byron and the New Disability Studies: A Response）被置于另外四篇文章之后作为对它们的总结和评述。汤姆森把这个系列的文章称之为"新残疾研究"，并对这种研究范式作了解释，他指出，新残疾研究就是要对传统从医学视角来审视残疾的方法进行颠覆，取而代之地用"社会模式"（social model）来理解残疾。在这种模式下，残疾不是被简单地看成一种身体缺陷，而是"一种人类差异的阐释方式"，"是一种社会建构方式，而不是个人不幸或身体瑕疵；是一个知识考查的主题，而不是一个特定的医学观照领域" [67]。与把残疾当做是身体的一种缺陷来看待的医学研究不同在于，新残疾研究是通过把残疾当做是一个人口来作为思考身体的一种方式，并把"残疾"当做是一个在历史中逐渐形成的社会身份。这四位学者的论文有一个共同的特征，即用文学理论来系统地观照拜伦的残疾，话语分析、社会结构主义和再现政治学是被用到的主要理论。在汤姆森看来，"残疾的文学研究通常分为两种类型：要么是分析残疾如何作用于文学文本中，要么就是审查看残疾的体验如何影响作家的作品"。这两种类型在拜伦的残疾研究中都有所体现，"《畸人变形记》是一个专注于残疾的文本，拜伦是一个知名的残疾作家，他给我们留下了他回应残疾的思路。因此，我们可以说，拜伦是新残疾研究的封面人物（the poster boy）" [68]。

当以这样一个视角来研究拜伦的残疾的时候，无疑拓展了一片新的空间。拜伦成为新残疾研究的典型人物，正好他的创作为观点的论证提供了丰富的

66　Andrew Elfenbein. "Byron and the Fantasy of Compensation", *European Romantic Review*, Vol. 12, No. 3 (2001): 276-283. p.267.

67　Rosemarie G. Thomson, "Byron and the New Disability Studies: A Response", *European Romantic Review*, Vol. 12, No. 3 (2001): 321-327. p.321.

68　Rosemarie G. Thomson, "Byron and the New Disability Studies: A Response", *European Romantic Review*, Vol. 12, No. 3 (2001): 321-327. p. 323.

材料；《畸人变形记》可以看作是对社会传统的残疾观的挑战和修正。拜伦在这部作品中的人物设置是富含深意的，形体丑陋的阿诺德让人联想到拜伦的残疾，初看让读者以为阿诺德是拜伦这部最具自传性作品中代表作者本人的形象，甚至会误以为阿诺德变形是弗洛伊德式的诗人内心深处愿望的实现。然而，直到凯撒作为一个套上阿诺德原本外形的陌生人、一个陪伴阿诺德冒险旅程的配角，在剧中不断阐发他对残疾的见解，并在最后用行动证明形体的丑陋遮蔽不了他的智慧和吸引女性的魅力的时候，读者才能恍然醒悟——原来凯撒才是拜伦真正的传声筒，拜伦的残疾观在凯撒的言语与行动中已经得到了清晰的诠释。用汤姆森的话来总结，那就是："拜伦的残疾经验不仅为他的残疾创作提供了材料，还刺激他重新定义了残疾"，文学理论观照下的残疾研究"为拜伦唯一一部对残疾发表见解的文学性作品提供了综合且精细的解读，那些论述不是停留在强调拜伦的脚如何成为他的忧郁、激愤和抗拒感的源头，而是探讨《畸人变形记》如何批判外观政治学，以及如何激烈地抗议人类外象的社会标准"[69]。

　　英语世界的拜伦残疾研究为我们了解拜伦残疾的病症和病理，以及它如何影响拜伦的性情和创作有一定的资料价值，这对于丰富国内对拜伦的认识，更好地理解他的作品有启发性的意义；专注于拜伦的残疾话题，辅以西方文学理论话语，将《畸人变形记》作为一个论说的文本来解读，同样为我们扩展拜伦研究方法，以及延展到其他作家、作品与残疾的关系研究提供了不可或缺的范例。

69　Rosemarie G. Thomson, "Byron and the New Disability Studies: A Response", *European Romantic Review*, Vol. 12, No. 3 (2001): 321-327. p.327.

第五章　对话与互鉴：英语世界拜伦研究的启示

第一节　英语世界拜伦研究的主要方法及批评理论话语

拜伦生前凭借着他巨大的文学影响就已经受到批评家的密切关注，作为英国浪漫主义时期的代表作家之一，他的文学渊源、文学影响、与其他作家的平行对比都是 19 世纪和二十世纪初学界主要的关注点；"知人论世"法和跨学科研究方法同样也是常见的研究方法。进入二十世纪以后，伴随着当代西方文论的蓬勃发展，拜伦研究进入批评理论话语分析的新时代，几乎所有主流的文学批评学派都不约而同地注意到了拜伦的作品，相关批评理论的观照成了二十世纪至今西方学界最常见的研究路径。

一、主要研究方法

西方学者采用了多种方法来讨论拜伦其人及其作品，总体上来说，英语世界拜伦研究的主要研究方法有以下数种。

（一）影响研究法

影响研究方法是比较文学法国学派主张的主要研究范式，其代表人物之一马·法·基亚将比较文学定义为"国际文学关系史"，并认为比较文学工作者是"各国间文学关系的历史学家"，他们"站在语言的或民族的边缘，注视着两种或多种文学之间的题材、思想、书籍或感情方面的彼此渗透"[1]。拜伦所处的时代正是欧洲比较文学兴起和迅速发展的时代，虽然他在 1824 年就已经去世，但是他却影响了几乎整个 19 世纪的浪漫主义思潮。在他死后，围绕他的文学渊源和文学流传（即本书第三章所集中讨论的"影响研究视域下的拜伦研究"）已成为西方学界格外热衷的一个话题。况且拜伦受到英国本土作家的影响相对于其他国家来说并不是那么大，就目前已有的发现来看，拜伦最喜爱的英国诗人是蒲伯，博伊德在《拜伦的〈堂璜〉：一个批判性考察》一书中指出拜伦尤其欣赏蒲伯的意象和讽刺想象的运用；还有马丁·马纳（Martin Maner）在《蒲伯、拜伦与讽刺性的人物角色》（Pope, Byron, and the Satiric Persona）一文中，在肯定拜伦学习了蒲伯的讽刺技法后，更多指出了二者在作品中的讽刺性人物性格与讽刺者的个性之间的关系，并进一步指出拜伦的讽刺性元素是隐形的，而蒲伯的则是显性的。[2]

拜伦受到其他国家多位作家的影响，最典型的是意大利作家，如但丁、塔索、浦尔契、贝尔尼等，麦甘、库尔兹娃、格罗诺、博伊德等学者对之有详细的论述。影响研究方法还有一个重要的方面就是用于考察拜伦的域外影响。拜伦以其富有激情的诗行和性格鲜明的拜伦式英雄影响了许多其他民族的作家，讨论得最多的就是俄国的普希金和莱蒙托夫、德国的歌德、美国的梅尔维尔等，他国作家、作品与拜伦的文学关系成为十九世纪末和二十世纪上半叶学界拜伦研究的重要板块。任何一个作家的创作风格都是在一定的传统中继承和发展而成的，同时他的创作又逐步融入传统，成为传统建构的组成部分。拜伦创作的文学渊源及拜伦在异域的接受正反映了拜伦对本民族传统与其他民族文学元素的吸收，以及他的创作为其他民族的作家提供的借鉴。

（二）平行比较法

比较文学的平行研究范式关注的对象是不存在事实联系的两种文学之间在主题、类型等方面的平行比较，但是本书这里所讲的平行比较法不属于此类范畴，它主要侧重的是拜伦与其他作家的比较，既包括与拜伦存在事实联系的作家，也包括可能没有影响关联的，且这种作家间的比较不一定是跨国、跨民

1　[法]马·法·基亚著，颜保译:《比较文学》，北京：北京大学出版社，1983 年，第 4、5 页。

2　参见 Martin Maner. "Pope, Byron, and the Satiric Persona", *Studies in English Literature*, 1500-1900, Vol. 20, No. 4, Nineteenth Century (1980): 557-573.

族的比较。影响研究中的被影响的拜伦与拜伦的影响其实已经涉及到平行比较，只不过影响研究中的比较主要侧重的是相同性，如因为影响与被影响的关系而产生的题材风格的同，还有拜伦主义在其他作家作品中的体现等，但是作家和作品间的差异常常容易被忽略或者被简略带过。因此，平行比较法相对而言会在梳理共性的同时，也分析存在的差异。

例如杰弗里·维尔《拜伦勋爵与托马斯·穆尔的文学关系》中的探索与其他关于两位诗人之间关联的研究不同之处在于，维尔不仅仅停留在叙说两人的友谊故事，而是以此为背景探析两人是如何在文学上相互影响的，以及后期文学创作生涯如何发展并最终形成各自不同的风格，这种考察几乎全程都是建立在两位作家相互比照的基础上。两位诗人都是从友谊中获得文学上的益处，只是在维尔的书中呈现了一个"有趣的讽刺"，即拜伦在文学上一开始是受到穆尔影响的，但后来出现了失衡，变成穆尔"活在了拜伦的文学成就阴影之下"。[3]维尔论述拜伦与穆尔的文学关系的时候还时常拿雪莱作参照，例如他指出雪莱和莱茵·亨特与拜伦在一起的时候表现得更加严肃，而穆尔更有幽默感；"拜伦和穆尔在辨别和迎合上层读者的阅读品味方面非常成功，而华兹华斯、亨特、济慈、乃至雪莱则完全不是这样"；雪莱与拜伦之间的相互影响是反方向的，即双方都是通过驳斥对方的观点来使对方受启，而穆尔与拜伦则是正方向的，两人的交流直接地刺激对方受启。[4]还有保罗·西格尔（Paul Siegel）的《弥尔顿、拜伦与雪莱的"你心中的天堂"》（"A Paradise Within Thee" in Milton, Byron, and Shelley）一文指出，拜伦、雪莱、弥尔顿三人在作品中都有表现反叛的人物形象，他们生活在一个周围充满敌意的环境，因此需要在内心世界求得抚慰。弥尔顿的悲观表现在他认为梦想无法实现，整个人类无药可救，只有个别的人拥有向善的信念，且是建立在道德律例和敬畏上帝的基础上。而拜伦和雪莱无法做到像弥尔顿那样即便是刻画力士参孙也能具象化，拜伦只能通过塑造一个以自身为蓝本的拜伦式英雄系列，像该隐就是此类，他从小受到加尔文主义的影响，后来思想逐渐走向它的对立面，但自始至终没能摆脱加尔文主义的罪恶感；就算是在流放中，他的反叛精神

3　Mark Storey. "Reviewed Work: The Literary Relationship of Lord Byron and Thomas Moore by Jeffrey W. Vail", *The Review of English Studies*, New Series, Vol. 55, No. 219 (2004): 289-291. pp.289-290.

4　参见 Jeffery W. Vail. *The Literary Relationship of Lord Byron and Thomas Moore*, Baltimore: The John Hopkins University Press, 2001. pp.4, 7, 10.

让他孤立于人类社会之外，艾达和卢西弗也没能消除他的孤独感和沮丧感，所以只好在内心世界里蔑视世俗世界，并自我臆想出一种优越意识。雪莱不赞成弥尔顿认为只有受苦才是走向天堂的必经之路，他选择逃避这条路，并在诗歌中设想出一个理想的世界，因为这种理想的不切实际，"疯狂的雪莱"在他的奋争道路上困难重重。[5]

类似这种思想比较的还有爱德华·莱利希的《浪漫主义时期文学中的盲人与盲点》（*The Blind and Blindness in Literature of the Romantic Period*）一书中同样有专门的一章《拜伦与雪莱：理性的盲区》（Byron and Shelley: The Blindness of Reason）讨论拜伦如何受到弥尔顿思想影响，并与雪莱在对世俗世界、伦理道德、理性等关系问题的不同理解。利用这种平行比较法比较拜伦与其他作家和思想家之间的创作理路与宗教和哲学思想异同的方法是西方学界比较常用到的一种方法，它的运用是一条更好地发现拜伦思想渊源和影响，探析他的思想独特之处的有效途径。

（三）"知人论世"法

孟子在《孟子·万章章句下》提出"知人论世"的观点："颂其诗，读其书，不知其人，可乎？是以论其世也，是尚友也。"[6]孟子主张要了解一位过去的作家，仅仅依靠阅读他的作品是不够的，还要深入地去了解与这位作家相关的材料，比如他的生平，以及他所处的时代背景，这样才能真正做到与古人为友。"知人论世"的方法也是最常被用于拜伦研究的重要方法，实际上，西方的拜伦研究自拜伦在世时开始直到整个维多利亚时代就一直是将其人及其作品关联着来解读的，他作品的自传性和当时英国浓厚的伦理道德氛围决定了他的作品评价无法绕开这些关联。

拜伦出身于一个世袭贵族家庭，十岁的时候他成为第六代勋爵，即便如此，他和母亲的生活并不宽裕。他父亲生前的放荡已经把家产挥霍空虚，他母亲继承的家产同样全都被丈夫哄骗得所剩无几。然而拜伦却非常以自己的勋爵之名而自豪，对于自己的贵族身份，拜伦一方面非常珍重它，另一方面因为家庭经济条件相对普通，以及母亲对他的不够疼爱让他对贵族身份产生了矛盾的心理。他的反叛精神注定是不可能彻底的，因为他所塑造的拜伦式英雄大

5　参见 Paul Siegel. "'A Paradise Within Thee' in Milton, Byron, and Shelley", *Modern Language Notes*, Vol. 56, No. 8 (1941): 615-617.

6　孟子著，万丽华、蓝旭译注：《孟子》，北京：中华书局，2007年，第236页。

部分都是贵族出身，一个人与整个社会相对抗，孤独、忧郁、愤世嫉俗。就像
迈克尔·罗伯特森在《拜伦〈唐璜〉中的贵族式个人主义》所指出的那样，拜
伦的贵族经历与贵族式的个人主义为他的作品赢得了广大的读者，但是因为
他的立场没有站在资产阶级贵族一边，所以又让他的反抗具备了革命精神；诸
如哈洛尔德和唐璜这样的人物凭借他们的贵族身份讨好了读者，同时他们有
悖当时英国社会道德的表现让相当一部分读者感到厌恶，而那却是拜伦内心
之真实情感。[7]这是拜伦矛盾的一个体现，而且这种矛盾在西方学界看来与他
所成长的环境是分不开的。

　　本书第四章有关拜伦"新残疾研究"亦是把拜伦放到广大的社会文化
语境中去审视他在作品中对残疾主题的呈现，并以此说明残疾对他的影响。
了解他的残疾对于解释他的性格、诠释他的作品是一项非常有必要的任务。
此外，拜伦支持英国辉格党的政治立场也表现在如《唐璜》、《审判的幻景》
等作品中，他时常为辉格党发声，并毫不隐晦地攻击持托利党立场的骚塞。
关于政治背景在拜伦写作中的体现，马修·格林（Matthew J. A. Green）与匹
娅·宝拉宾斯基（Piya Pal-Lapinski）合编的《拜伦与自由和恐怖政治》（*Byron
and the Politics of Freedom and Terror*, London: Palgrave Macmillan, 2011）收
录了十一篇关于拜伦与革命政治学的论文，它们的讨论涉及到拜伦从《游记》
到《畸人变形记》几乎每一部比较重要的作品。通过对这些作品的分析，该
论文集给读者呈现出了拜伦作品中的内在文学意义与当时英国及欧洲风起
云涌的政治语境的关系。

　　拜伦是英国浪漫主义的重要作家之一，把他放到整个浪漫主义文学传统
中进行审视也是解读他作品的一种方法。比如艾布拉姆斯明显更欣赏布莱克、
雪莱、华兹华斯、柯勒律治等浪漫主义诗人的风格，在《自然的超自然主义：
浪漫主义文学中的传统与革新》（*Natural Supernaturalism: Tradition and
Revolution in Romantic Literature*）一书中，艾布拉姆斯认为他们在主题、意象、
思想形式、想象、情节和结构设置方面都映证出他们是杰出的诗人，是后康德
时代的哲学家，是当时文化危机中为西方传统发声的代言人。艾布拉姆斯把拜
伦排除在这一传统之外是因为拜伦"在他同时代浪漫主义作家的语言立场
上，蓄意地打开了一个讽刺的视角"，他"在他最主要的作品中用一种讽刺性

7　参见 J. Michael Robertson. "Aristrocratic Individualism in Byron's *Don Juan*", *Studies
in English Literature*, 1500-1900, Vol. 17, No. 4, Nineteenth Century (1977): 639-655.

的反调在言说"。[8]而杰罗姆·麦甘显然不同意艾布拉姆斯的观点。根据麦甘的观点,艾布拉姆斯对浪漫主义的标准是典型的 1945-1980 期间西方批评界的主流,其中韦勒克就是这个标准制定的代表人物。麦甘认为拜伦不属于"康德／柯勒律治式"(Kantian/Coleridgean)的思想线路,因此在二十世纪大部分时候都没有受到批评界的重视;而在十九世纪的思想主流中,"从歌德、普希金到波德莱尔、尼采、洛特雷阿蒙,拜伦似乎处于浪漫主义的最中心"[9]。

(四)跨学科研究法

跨学科研究方法在拜伦研究身上体现得比较明显。在 21 世纪以前,尤其是 18 世纪末和 19 世纪初,许多外科医学专家注意到拜伦的残疾,围绕此,他们发表了多篇讨论他残疾的病症和病因的文章;后来 2001 年由埃尔芬贝因发起的发表在《欧洲浪漫主义评论》上的系列文章虽然不同于医学视角,那也是从社会历史的视角进行切入的,心理学的方法在分析中也有所体现。1814 年,艾萨克·内森原本打算请求司各特为他创作一部诗集,方便他用于作曲,但是司各特推辞了,后来才找到拜伦。拜伦为他创作了包含有三十首诗的《希伯来旋律》,内森将里面的诗几乎全部谱成曲,传为文学与音乐合璧的美谈。托马斯·阿仕顿的《拜伦给大卫的竖琴作的词:希伯来旋律》(Byronic Lyrics for David's Harp: The Hebrew Melodies)讲述了整个合作经历的经过,并在最后指出,拜伦精心谱写的歌词对于当时浪漫主义诗歌的走向有一定的影响,且那部诗集实际上是属于他精神世界的反映。[10]还有苏珊·卢瑟福的一篇文章《从拜伦的〈海盗〉到威尔第的〈海盗〉:诗歌造就音乐》叙述了威尔第尝试把《海盗》中康拉德在狱中将要被行死刑的时候内心的挣扎一幕搬上歌剧舞台的尝试,但是最终威尔第选择了放弃。

当然,西方学界还注意到拜伦的作品对 19 世纪一些绘画作品的激发,如《游记》之于托马斯·科尔的《帝国的历程》;以及拍摄他的手稿对于摄影艺术的产生和发展的作用,如安德鲁·伯克特(Andrew Burkett)的《拍摄拜伦

---

8 参见 M. H. Abrams. *Natural Supernaturalism: Tradition and Revolution in Romantic Literature*. New York and London: W. W. Norton & Company. 1971. pp.11-13.

9 参见 Jerome McGann. *Byron and Romanticism*, James Soderholm ed., Cambridge: Cambridge University Press, 2002. pp.236-237.

10 参见 Thomas L. Ashton. "Byronic Lyrics or David's Harp: The Hebrew Melodies", *Studies in English Literature, 1500-1900*, Vol. 12, No. 4, Nineteenth Century (1972): 665-681.

之手》（Photographing Byron's Hand）一文就陈述了 1840 年照相机时代之初，威廉·亨利·福克斯（William Henry Fox）拍摄《拿破仑颂》手稿的故事，文章说明了浪漫主义诗歌如何参与了摄影艺术的兴起。此外，拜伦与历史、政治、宗教和哲学的关联均有大量研究成果体现，他的政治立场、对拿破仑战争的见解、对希腊独立战争的参与、他的宗教观和哲学观都引起了西方学者比较大的兴趣。

其他方法如定量分析法和定性分析法也偶尔出现于拜伦研究中，如哈利·普克特和简·普克特在文章《定性统计图表在分析拜伦〈该隐〉中善恶主题中的运用》（The Use of Qualitative Grids to Examine the Development of the Construct Good and Evil in Byron's Play *Cain: A Mystery*）就采用定性分析的方法，以《该隐》作为个案来评测拜伦在这部诗剧中的善恶建构；T. 斯蒂芬的《德克萨斯大学图书馆中的拜伦亲笔信》则用以信件数目分门别类地统计拜伦的部分书信，并结合定性分析的方法来进行拜伦的书信研究。总体上来说，英语世界的拜伦研究方法是多样化的，且以上各种方法常常又是交叉使用的。影响研究是最主要的方法，与其他作家的平行比较往往又绕不开可能存在的事实关联，相对而言没有事实联系的平行研究方法比较少见于此，"知人论世"法因为涉及到拜伦所处的历史文化语境，因而不免会让相关研究具备跨学科性质。这些研究方法对于国内拜伦研究，乃至延及其他作家的研究均有裨益。

二、批评理论话语

拜伦批评研究从拜伦生前就已经形成规模，在 19 世纪初的英国文坛，浪漫主义思潮占据了几乎整个文学界的焦点，不论是英国上层贵族阶级还是普通下层读者，对诗歌都怀有极大的热情。拜伦正好处在这样一个诗歌氛围浓厚的环境中，所以从他发表《闲散的时光》起，就已经能受到当时英国主要的评论刊物关注，他的《英格兰诗人与苏格兰评论家》因为冲动地一棍子撂倒一整船的诗人和评论家，引起文坛的一片哗然。自《游记》让他一夜成名后，拜伦就长期受到了批评界的密集关注，从他生前的各种被追捧和被贬低，到死后进入维多利亚时代遇到的相对更严肃的批评，再到进入二十世纪受到现代主义、新批评的偶尔观照，以及当代西方文论话语的再审视，这构筑了一段拜伦研究的批评史。大体上而言，这段批评史中常见的有以下几种批评理论话语。

（一）政治意识形态和伦理道德话语

政治意识形态话语在《爱丁堡评论》和《评论季刊》两个刊物在拜伦在世时期对他的评论就可以看出端倪，前者是辉格党立场，而后者则是托利党立场。起初拜伦《发表闲散的时光》，亨利·布鲁厄姆在《爱丁堡评论》上发表匿名书评，对拜伦毫不留情的攻击即有误以为拜伦是托利党立场的因素在其中。尽管拜伦坚持辉格党立场，但是因为《爱丁堡评论》当初这篇评论的缘故，拜伦后来在寻找《游记》前两章的出版商的时候，最终选择了与《评论季刊》相同的出版商——约翰·默里。当看到《游记》前两章发行后的受欢迎程度，两个刊物均不约而同地刊文赞赏拜伦的天才，企图讨好这位有影响力的诗人。这个时候政治意识形态的冲突还处于平缓期，就像拜伦与托利党立场的约翰·默里的合作关系还能默契地维持一样，即便是后来《游记》第三章出版后，拜伦因为分居事件以及这一章与前两章结构的脱节和风格的不一致而遭到四面八方的批评，而《评论季刊》依然愿意刊发司各特写的为拜伦辩护的文章。真正的转折发生在《唐璜》的前两章出版后，因为这部作品在当时巨大的争议性，一开始两大刊物都保持缄默，其后《爱丁堡评论》的主编弗朗西斯·杰弗里（Francis Jeffery）还是匿名在他的刊物上发表以"遗憾大于怨怒"的语气的文章来表达对拜伦有伤风化的《唐璜》的不满。因为拜伦坚持《唐璜》对骚塞的攻击，并在《审判的幻景》中"变本加厉"地讽刺骚塞，托利党立场的骚塞俨然已经成了拜伦在文坛上的头号敌人，拜伦与托利党的矛盾激化，他与默里的合作关系也因为与《唐璜》有关的不可协调的矛盾而破裂。那个时候，只有激进的出版商约翰·亨特非常热衷于出版拜伦剩下的其他作品，以及激进的诗人如利·亨特还在那些激进的刊物如《监察员》（The Examiner）和《杂志月刊》（Monthly Magazine）发表文章来为拜伦辩护。拜伦生前在英国评论界所受到的各种批评有相当一部分都是政治意识形态话语操控下的体现，不同的刊物和评论员都因时因立场而变换对拜伦及其作品的态度。

在拜伦生前的时候伦理道德话语和政治意识形态话语就已经是相互交叉在一起的主导性话语。1812 年拜伦发表《游记》前两章获得巨大名声后，尽管他的《阿比多斯的新娘》和《异教徒》受到小部分非议，但是直到他与奥古斯塔乱伦的绯闻和与米尔班克的分居事件传出之前，拜伦还没有怎么受到伦理道德上的批判。卡罗琳·富兰克林认为这其中可能有三个原因："拜伦空前的受欢迎度、作者的贵族身份和影响力、声誉良好的出版商——约翰·默里的积极营销"[11]。然而，自从 1816 年初的分居事件始，直到维多利亚时代结束，拜伦从来就没有完全摆脱过伦理道德话语对他的批评的影响。

伦理道德话语施加在拜伦批评上的压力随着分居事件和他作品本身的内容和风格变动而增大。从 1816 年以后，英国批评界对拜伦的评价迅速冷化，因为米尔班克是个虔诚的基督教徒，拜伦与她婚姻关系破裂人们首先通常会将主要责任归咎于他；加上他与奥古斯塔乱伦绯闻已经在社会上有传言，这些因素促使当时严肃的宗教信徒和保守的批评家对他的谴责与日俱增。他的《游记》第三章出来后，许多严谨的批评家也指责这一章与前两章不连贯、韵律不规整、笔法散漫、不合文法，华兹华斯则向穆尔吐槽说拜伦剽窃了他。拜伦接下来发表的其他作品也几乎无一例外地受到了这种批评话语的影响。例如他的《别波》在 1818 年初匿名出版后，威廉·罗伯特（William Robert）在《不列颠评论》（*The British Review*）上匿名发表评论，他挖苦道：

"（《别波》）毫不顾及情感、美德和人类幸福，把世界想象成是一个没有灵魂的地方，把人都被认为是残酷的。这首叫做的《别波》的小诗，我们后来才渐渐知道它的作者是拜伦勋爵——一个英国贵族、一个英国丈夫、一个英国父亲。他从威尼斯的水沟里传回来那里的臭气，就让他这个自然的流浪儿尽情地去享受身体的自由吧，让生活文明的围栏对他敞开，让血缘关系、'亲属关系'和所有的'父亲、儿子、兄弟的纽带'通通靠边站，然后让这首小诗成为伟大幽默的产品，成为无可挑剔的上乘佳作去吧。"[12]类似于此批评拜伦的评论在《唐璜》前两章发表以后不在少数。拜伦的好友如穆尔和霍布豪斯等，以及出版商默里面对必将遭到的批评界的口诛笔伐都胆战心惊。《唐璜》如此，《曼弗雷德》和《该隐》也不例外，就连霍布豪斯在强烈反对《唐璜》出版后，也为《该隐》的"胆大妄为"所惊骇，他在他的日记里说这部作品是"一个彻底的失败"[13]。

进入维多利亚时代后，虽然批评界对拜伦的看法渐趋严肃化，但是围绕他的批评始终没有绕开与他的传记的结合，伦理道德依旧是影响评论的重要因素。1830 年穆尔编纂的《拜伦勋爵的书信和日志：以生平为导线》出版后，关于拜伦的性情和分居事件的关联的讨论再度被人们谈及；斯托夫人 1869 年

11 Caroline Franklin. *Byron*. Abingdon: Routledge, 2007. p.84

12 Theodore Redpath. *The Young Romantics and Critical Opinion 1807-1824*, London: Harrap, 1973. P.226.

13 参见 Caroline Franklin. *Byron*. Abingdon: Routledge, 2007. p.90.

发表在《亚特兰大月刊》上的文章让拜伦与奥古斯塔乱伦的绯闻持续发酵。卡罗琳·富兰克林说："在一个宗教福音主义和维多利亚道德主义盛行的时代，与拜伦性生活有关的绯闻让他在整个这一时期都成为了一个充满争议的诗人形象。维多利亚时代的批评家很难避开伦理道德因素来评判拜伦的诗歌。"[14]拜伦死后没有被葬入威斯敏斯特教堂，在十九世纪六十年代以前不在诗人角被纪念就反映出拜伦的不受重视。在这一时期，尽管拜伦依然有大量的读者，但他在评论界却常常被拿来与华兹华斯和雪莱作不公平的比对，比对的结果往往凸显的是华兹华斯的精神纯净和雪莱的诗意甘甜。相较于拜伦生前，维多利亚时期的评论一方面受到伦理道德话语的影响，另一方面也变得更加客观。这一时期最重要的文学批评家当属马修·阿诺德，他赞成玛格丽特·奥利芬特（Margaret Oliphant）认为华兹华斯受到的重视不够，而拜伦则被高估的看法，然后进一步指出：拜伦作为一个诗人是真诚的，他的伟大真诚和力量表现在他在诗行里对英国社会的庸俗和伪善的攻击。他的诗确实不够精美、写得匆匆、质量欠佳，不过除了他的东方故事引人入胜，他的诗才并没有得到公正的认可，因为他与英国贵族社会的敌对让他的伟大被忽视了。[15]撇开十九世纪英国批评界受到的伦理道德话语的影响，拜伦在欧洲其他国家受到的评价则有很大不同，在南欧和俄国，拜伦是一个爱国和追求自由的形象，在法国和德国，拜伦的思想常被拿来和卢梭对比，歌德和尼采也受到拜伦的影响。

（二）新批评

新批评强调一种"闭合的"诗歌意义解读，即要把作者个人的心理、写作动机和历史语境因素搁置开来，做到在批评中的文学非个性化和客观性。其主要代表人物之一托马斯·艾略特就指责维多利亚时代的批评过多地受到伦理道德的影响。他曾在二十世纪五十年底专门写过一篇用新批评理论分析拜伦诗歌的论文《拜伦》，他一再强调他只是论说那些拜伦作品中"看得见的优缺点"[16]，不关心他的私人生活。文章开始就指出拜伦在读者印象中是一个先入为主的存在，带着这样一种先见去读他的作品有失公允，但是因为他主张诗歌

---

14 Caroline Franklin. *Byron*. Abingdon: Routledge, 2007. p.91.

15 参见 Caroline Franklin. *Byron*. Abingdon: Routledge, 2007. pp.94-95.

16 T. S. Elliot. "Byron", in *English Romantic Poets: Modern Essays in Criticism*, ed. M. H. Abrams. London, Oxford, New York: Oxford University Press, 1975. p.274.

应该是"非常集中和凝练的东西"，所以"如果把拜伦的诗歌进行蒸馏，那么蒸馏过后就什么都没有了"。[17]他认为拜伦的诗即便算是有情节，那也是"极其简单的"，他靠故事来吸引读者，他的诗体故事比穆尔和司各特的要更成熟，一个异教徒的故事可以被他反反复复地使用多次，他的叙事技巧让他的作品变得可读。在艾略特看来，拜伦在他的长诗中靠的是不断地变换话题来避免乏味，这是他的高明之处，但是倘若单独地去看他的诗，"你无法认为其中任何一首算得上是伟大的"，按照艾略特的标准，他苛刻地评价道：

> 至于拜伦，没有任何一个和他名气相当的英国诗人会像他那样对语言没有任何贡献。单就词语来说，他对声律没有任何发现，对意义没有任何补充。我想不起第二个能像他那样熟练地用英语写作的外国诗人。[18]普通人都会说英语，不过每一代人只有少数人能用英语写作；在那说英语的绝大多数人和用英语写作的少数人的不经意的组织下，英语这门语言得以延续和发展。……拜伦就像是在用一种已经死亡或濒死的语言在写作……我认为拜伦的失败主要在于他时断时续的哲思用的陈词滥调。每个诗人都会有陈词滥调，每个诗人都会说一些别人已经说过的东西。不是因为他思想本身的柔弱，而是因为他那像学徒驾驭的稚嫩语言使得他的诗行读起来平庸，使他的思想看起来肤浅。[19]

很明显，在艾略特眼中，拜伦的诗根本经不起新批评的文本细读，他的即兴风格是他的优势，但一旦要想让语言获得诗性，他的缺点就暴露无遗；他时不时的离题和不连贯只是为了把读者的注意转移到作者身上。可令人诧异的是，艾略特在文章最后还是不忘调侃一番拜伦，说他的写作是一种"江湖骗术"（charlatanism），他的自欺欺人还夹带有臭名昭著的诚实，"他是真的又迷信又声名狼藉"[20]。不过也有学者指出艾略特一边故作客观地细读，一边又潜意识地受到了意识形态的影响，因为艾略特自己就是一个右翼的虔诚基督徒，他对拜伦的宗教怀疑主义本来就无感，拜伦在他的审视下只可能会像艾布

---

17 T. S. Elliot. "Byron", in *English Romantic Poets: Modern Essays in Criticism*, ed. M. H. Abrams. London, Oxford, New York: Oxford University Press, 1975. p.262.

18 因为艾略特在该论文开端部分将拜伦看作是一个苏格兰诗人。

19 T. S. Elliot. "Byron", in *English Romantic Poets: Modern Essays in Criticism*, ed. M. H. Abrams. London, Oxford, New York: Oxford University Press, 1975. pp.268-269.

20 T. S. Elliot. "Byron", in *English Romantic Poets: Modern Essays in Criticism*, ed. M. H. Abrams. London, Oxford, New York: Oxford University Press, 1975. p.274.

拉姆斯那样把拜伦剔除于主流的浪漫主义作家之列。[21]

　　而同样用新批评理论解读拜伦的威斯坦·奥登（Wystan Hugh Auden）则这样评价道："拜伦对词语缺乏敬畏，这是他作为一个严肃的诗人的缺点，但这却是他作为一个喜剧诗人的优点。严肃的诗要求诗人待词如待人，喜剧的诗要求诗人待词如待物，没有哪个英国诗人能像拜伦那样自如地遣词造句。"奥登认为拜伦所处的浪漫主义时代还是一个喜剧诗盛行的时代，他的这种词语实验达到了一定的讽刺效果。不过纵观整个二十世纪上半叶，聚焦拜伦的批评并不多，即便有，也是受到艾略特和艾布拉姆斯的观点影响，拜伦的语言风格很难引起新批评理论家和推崇严肃浪漫主义标准的批评家的好感。

（三）新历史主义

　　新历史主义综合了解构主义和女性主义学说的思想，把文本看作是历时与共时的统一，文本在历史中被不断阐释，不断改写，每一个时期的历史文化语境赋予文本以新的阐释，这样就把更多考量出发点放到了读者的视角，文本的意义不再是某些个体规定，而是个体和社会共同阐释的结果。因此，察看过往的对同一段历史书写的文本可以了解到不同时期对这段历史的接受及其在文本中的反馈的差异性；新历史主义之"新"也就新在当下的文本产生带有当下语境的参与。由于新历史主义者认为历史既然是文本书写下的历史，历史的产生过程就是文本的制作过程，且他们对文本的真实性和虚构性没有严格的区分，那么文本中的历史就不存在绝对的真实，一切历史都是当代史，而非信史的说法由此而来。

　　一个有清醒意识的新历史主义学者善于从当下的社会文化语境出发去审视它对历史文本的新阐释，同时也懂得察看该文本在过往标准下的阐释结论。杰罗姆·麦甘是用新历史主义的理论话语进行浪漫主义文学研究的领衔学者，他的拜伦研究因为扭转了布鲁姆等重要文学批评家的浪漫主义标准偏向而把拜伦与浪漫主义带入了一片新的解读空间。麦甘指出二十世纪四十至八十年代西方批评界对拜伦的忽视主要源于拜伦的写作无法符合当时的文学浪漫主义的标准，因而被忽略。其中真正的原因就是布鲁姆等学者并没有参照当时的浪漫主义历史，而是仅凭后来柯勒律治的想象理论和华兹华斯的《抒情歌谣集序言》这些文本来思考和制定经典浪漫主义的标准，忽略历史

21　参见 Caroline Franklin. *Byron*. Abingdon: Routledge, 2007. p.98.

材料是形成布鲁姆式一隅之解的主要原因。作为一个严谨的新历史主义者，麦甘能成为当代最具影响力的拜伦学者绝非偶然。在《浪漫主义意识形态：一个批判性考察》（*The Romantic Ideology: A Critical Investigation*, 1983）一书中，他坦承道："我数年前对拜伦的兴趣很大部分的原因是因为他看起来与其他的浪漫主义作家很不一样。这种不一样是由批评本身所规分出来的，那种批评倾向于把拜伦搁置一边，或把他的作品看成是居于浪漫主义中心外缘的存在。"[22]他很不解像拜伦这样一个在十九世纪拥有最多读者、最具影响力的浪漫主义标杆式的存在，为何会在现代批评家眼中变得与浪漫主义不相关。带着这样的疑问，他从上世纪六十年代起发表了多篇讨论拜伦与浪漫主义的文章[23]与专著。他解释说拜伦被忽视的原因在于"专注于浪漫主义及浪漫主义文学的学术界和批评界均受到了浪漫主义意识形态的导向影响，那些主要学者和批评家的重心都放在了非批判式的浪漫主义自我表征之上"[24]。因此，在麦甘看来，布鲁姆等学者的浪漫主义文学史只不过是当时意识形态控制下的历史，是一段不具说服力的、乃至是被曲解了的历史。他通过重新审视浪漫主义的历史，分析拜伦几乎所有的作品，反思现代浪漫主义的标准，将拜伦还原至经典浪漫主义作家之列。

　　威廉·克莱尔的《浪漫主义时期的阅读民族》（*The Reading Nation in the Romantic Period*, 2004）一书讨论了一个有趣的现象，克莱尔发现传统的由批评家和文学学者撰写的文学史、新历史主义学者所倡导的对待同一段文学史衍生出的不同的文本书写、由销量和阅读量数据分析统计出来的文学史三者反应出来的信息有巨大的差异，其中第一种文学史是少数批评家和学者根据某一种特定标准而编纂出来的历史，第二种是新历史主义学者认同的多种标准兼容的文学史，第三种是根据阅读市场的反馈而折射出的文学史。这三者的差异最集中地反映在拜伦身上，尤其是他的《唐璜》。拜伦在不同时期的文学史有不一样的定义，尤其是维多利亚时代，官方的，也即正统的文学史常常受到伦理道德话语影响而贬低拜伦，二十世纪的批评界大多数时候也是忽略了拜伦的，但是民间的，也即大众读者反馈的拜伦却是完全另一种景象。克莱尔

---

22 Jerome J. McGann. *The Romantic Ideology: A Critical Investigation*, Chicago and London: The University of Chicago Press, 1983. p.137.

23 其中大部分收录在《拜伦与浪漫主义》（*Byron and Romanticism*）一书中。

24 Jerome J. McGann. *The Romantic Ideology: A Critical Investigation*, Chicago and London: The University of Chicago Press, 1983. p.1.

指出《唐璜》是整个浪漫主义时期读者最多的作品，乃至在维多利亚时期，该书还是被一版再版，甚至被大量盗版；在《唐璜》的接受史中，作者、出版商、编辑、印刷商、注释者、评论家、购书商、读者广泛参与，是他们的共同作用让这部作品在文学史上成为一道奇景，"《唐璜》是文学界的加拉巴哥群岛"[25]。克莱尔拿文学史中单一标准定义下的拜伦、新历史主义兼容标准定义下的拜伦和文学市场反馈出的拜伦作比照，指出其中的反差，并依此说明历史文本中的拜伦及其作品与实际流传中的拜伦之间的两极分化，进而衬出拜伦是一个多种标准相互争夺话语权过程中的特殊存在。

（四）解构主义

解构主义和结构主义有一个共同的理论起点，即一个词之所以有意义，在于它与其他词不一样，只是解构主义将词的意义固定性消解，认为任何一种解释都是误读。新批评所主张的作品意义不是由作者的意图决定的，而是取决于阅读的行为，阅读行为的不同导致了意义解读的多样性。解构主义在此基础上更进一步，认为语言和意义处在一个无尽的循环中，作品的意义是永远无法被语言所穷尽的，原因是意义需要语言来表达，而语言又是通过不断地寻找能指来解释所指，然后能指再转化成所指，寻找另一个能指，以此处于一个无限的循环中。解构主义被用于拜伦研究的论点是：作家的创作是对世界本质的领会，拜伦的写作特殊性在于他的创作本来是为了呈现他对这个世界本质的领会，但是他在用语言创作的过程中不断地建构意义，同时又不断地消解已经建构起来的意义，他的不确定性源于他作品中随处可见的怀疑论和由此形成的讽刺风格。

弗雷德里克·加伯（Frederick Garber）在他的《自我、文本与浪漫主义讽刺：以拜伦为例》（*Self, Text, and Romantic Irony: The Example of Byron*, 1988）一书中，主要以拜伦同时期的德国浪漫主义理论家弗雷德里奇·施莱格尔（Friedrich Schlegel）对浪漫主义讽刺的定义——"一种绝对与相对的无法平复的对立感"[26]作为标准，同时指出拜伦式的讽刺不是保罗·德曼

---

25 加拉巴哥群岛隶属于厄瓜多尔，位于南美大陆，因为该群岛有一个独立的生态圈，凭借着保存完好的生物多样性而被成为"生物进化活博物馆"）。（参见 William St Clair. *The Reading Nation in the Romantic Period*, Cambridge: Cambridge University Press, 2004. pp.333-334.）

26 Frederick Garber. *Self, Text, and Romantic Irony: The Example of Byron*, Princeton: Princeton University Press, 1988. p.169.

（Paul de Man）所说的那种无效的表征，它"不会走向凝滞的表征，而是一个充满活力的表征循环、一个分裂与接续的辩证过程"[27]。与之相对的则是艾布拉姆斯所推崇的有机的整体，其中华兹华斯和柯勒律治的诗就非常符合这种封闭整体中各成分相互关联的有机结构范式。但是拜伦表面上的不连贯和语言、韵律上的散漫恰恰形成了他的意义讽刺风格和怀疑思想。不过需要指出的是，弗雷德里克·贝蒂的《作为讽刺作家的拜伦》同是探讨拜伦的讽刺艺术，但是却是将它放到了奥古斯都的传统中进行审视，而不是像加伯从哲学的角度把拜伦看作是一个哲思性的讽刺家，因此拜伦的讽刺艺术既不是虚无主义的，也不是悲观主义的，而是文学艺术上通过揭穿幻象来达到改革社会目的的技法，据此，拜伦理应成为文学讽刺传统中连接历史与当下的重要一环。

（五）精神分析

1993 年，由奈杰尔·伍德（Nigel Wood）主编的实践系列理论论文集《唐璜》收录了四篇专门讨论《唐璜》的论文，其中有两篇论文采用了精神分析法来解读《唐璜》，分别是劳拉·克拉里奇（Laura Claridge）的《爱与裂隙中的自我认知和身份：唐璜的拉康式解读》（Love and Self-knowledge, Identity in the Cracks: A Lacanian Reading of Don Juan）和大卫·庞特（David Punter）的《唐璜与死缓：精神分析之视角》（Don Juan, or the Deferral of Decapitation: Some Psychological Approaches）。克拉里奇的论文用了法国精神分析学家雅克·拉康（Jacques Lacan）的理论来解读《唐璜》，后者用弗洛伊德的主题构成来重现索绪尔的结构主义语言学，在克拉里奇看来，拉康把语言看成是满足愿望的一种代理，而语言为了阐释清楚意义，就需要不断地寻找其他的能指，以此循环不绝，那么愿望要被定义清楚，就同样会像语言那样不断地寻求由其他的语言能指所指涉的愿望来填补，所以愿望在本质上也是被无限替代的。[28]在《唐璜》中就反映了这样一种愿望的无尽性，主人公唐璜为了认清自己，或者说是拜伦为了自我呈现，那么他就"通过愿想的他者形象来呈现他自身"，这些愿想的他者来源于他接二连三的恋爱情节中的女性对象。大卫·庞特的论文从驳斥彼得·曼宁（Peter Manning）在《拜伦与他的作品》（*Byron and His Fictions*, 1978）

---

27 Frederick Garber. *Self, Text, and Romantic Irony: The Example of Byron*, Princeton: Princeton University Press, 1988. p.258.

28 参见 Nigel Wood. *Don Juan*, Theory in Practices Series, Buckingham and Philadelphia, Pa.: Open University Press, 1973. p.34.

中认为拜伦在每一段冒险中变更恋爱对象都是受到恋母情节的影响，那些女性扮演了替代母亲的角色，这表现了拜伦对母爱的渴望和疑虑的观点作为文章立意的起点，庞特指出用弗洛伊德的理论来解读拜伦应当从文本的潜意识入手，而不是曼宁那种从作者的心理来切入；唐璜寻找和变换恋爱对象是为了获得对女性控制的想象的权力，同时又惧怕挑战父辈的权威，这类似于儿童惧怕受到阉割的威胁一样。[29]

（六）后殖民主义

后殖民主义理论在拜伦研究中集中表现在对他的东方书写的关注。在《东方学》（*Orientalism*, 1978）中，爱德华·赛义德（Edward W. Said）将东方学定义为是一种讨论和分析东方的机制，它"对东方作出陈述，对东方的观点作出权威的判断，通过描述、教授、殖民、统辖东方来处理东方：总之，东方主义就是西方控制、重构和君临东方的一种风格方式。"[30]在这本颇具影响力的著作中，赛义德多次拿拜伦的作品作为例证，说明拜伦的东方书写依旧属于东方主义的范畴，他认为拜伦和威廉·贝克福德、歌德、雨果一样都是"利用他们的写作艺术，通过形象、韵律、和主题来使东方的色彩、光芒和人民得到体现。'真正的'东方至多激发了作家们的想象，但它很少能引导他们的想象"[31]。"在拜伦的《异教徒》中，……东方是一种宣泄的形式，是一个获得原始素材的地方。"[32]赛义德把拜伦的东方书写当做是一种典型的东方主义案例用于支撑他的论点，而实际上拜伦从小也确实对东方怀有较大的兴趣，他喜爱阅读与东方有关的记载，那些记载的文本实质上也就是西方的东方学，即在一代代学者根据他们经历过的东方记述和加工过的东方想象。因此有学者指出，尽管拜伦去到过东方，"但是在很大程度上，拜伦的东方书写很显然只不过是巩固了有关东方基本未变的思想和观念，这些思想观念早已经由现存的话语实践深入西方读者的头脑。读者之所以能轻易地识别《唐璜》的世界正是因为这部作品与当前西方的东方主义话语不谋而合"[33]。

---

29 参见 Nigel Wood. *Don Juan*, Theory in Practices Series, Buckingham and Philadelphia, Pa.: Open University Press, 1973. p.147.

30 Edward W. Said. *Orientalism*, New York: Vintage Books, 1978. p.3.

31 Edward W. Said. *Orientalism*, New York: Vintage Books, 1978. p.22.

32 Edward W. Said. *Orientalism*, New York: Vintage Books, 1978. p.167.

33 Seyed Mohanmmad Marandi. "The Oriental World of Lord Byron and the Orientalism of Literary Scholars", *Critique: Critical Middle Eastern Studies*, Vol. 15, No. 3, 2006: 317-337. p.319.

关于拜伦的东方书写的讨论比较多，且大多数都受到了赛义德东方学的影响，他们大多认同拜伦的东方书写是东方主义的一种表现。不过也有部分学者站出来持反对意见，如基德瓦伊（A. R. Kidwai）的《拜伦勋爵"土耳其故事"中的东方主义》（*Orientalism in Lord Byron's "Turkish Tales"*, 1995）拿拜伦和骚塞、穆尔的东方书写进行比较，认为拜伦的东方书写更具写实性；纳吉·裘以安（Naji. B. Queijan）的《一个形象的发展：英国文学中的东方》（*The Progress of an Image: The East in English Literature*, 1996）审查了整个英国浪漫主义时期的文学东方，同样是在比照之下，作者认为拜伦的东方书写更具积极意义，因为他在书写中没有夹带明显的偏见，而是表现出了一种文化移情；还有穆罕默德·沙拉夫丁（Mohammed Sharafuddin）的《伊斯兰与浪漫主义的东方学：文学与东方相遇》（*Islam and Romantic Orientalism: Literary Encounters with the Orient*, 1994）用了一定的篇幅来挑出拜伦正面描绘伊斯兰世界的部分，以此说明拜伦的东方书写的真实性和权威性。这些论著都是站在质疑赛义德东方学的立场，以拜伦的东方书写的现实性作为论据之一。"尽管这些研究有一定的洞见，但是它们反驳赛义德观点的方式过于简单，而且不愿意将殖民化的语境与文化固见下的东方相关联。"[34]从这种反对的声音间接地可以看出，将拜伦的东方书写与东方主义相关联，将其置放到后殖民主义的理论话语中去考察是西方学界的一种趋向，后殖民话语是绕不开的一个节点；尽管拜伦亲身到过东方，但是东方学的传统在先前已经在拜伦的智识中根深蒂固，他偶尔出现的正面的东方书写掩盖不了他对东方的偏见。

第二节　中西共同话题的对话

因为政治环境的关系，拜伦 1902 年才由梁启超初次引介得到中国，而那时距离拜伦去世已经过去大半个世纪；同样是得益于政治历史语境的特殊性，拜伦在中国从清末民初到五四的接受速度迅猛。自那时起的百余年间，虽然受限于研究条件，但是拜伦在中国，尤其从上世纪八十年代以来，已经形成了相当的规模。在拜伦式英雄、东方书写、拜伦的女性观、拜伦的宗教和政治思想方面，中国和西方学界获得了一些共同的话题，在这些话题上展开中西对话是

---

34 Caroline Franklin. *Byron*. Abingdon: Routledge, 2007. p.113.

获得相互激发的重要基础。通过这种比较式的对话，对于促进交流、形成互补，都有其必要性。

一、拜伦式英雄

西方的英雄概念与我们习惯所认为的勇猛且高尚的英雄概念不同，它在文学中通常用于指涉那些有独立意志、勇于抗争，甚至带有悲剧精神的主人公，可以是男性（hero），也可以是女性（heroine）。拜伦式英雄是拜伦笔下具有鲜明性格特征的主人公，因为这些人物间具有许多共性，所以他们形成了一个人物类型系列，凭借着他们的独特性和代表性，"拜伦式英雄"已经成为西方文学史上的一种英雄类型，并具有一定的文学影响。拜伦式英雄是国内拜伦研究中最受关注的方面之一，成果相对也更加丰富，这使得围绕这一主题的研究具备了可比性。

先说拜伦式英雄在拜伦作品中的现身。国内学者通常认为拜伦式英雄自《游记》始出现，这是没有疑问的，但哈洛尔德这一人物在整部作品中，就像拜伦自己所说的是为了保持作品的连贯而虚构了这么个人物，也就是说他的目的不在于塑造哈洛尔德这一人物形象，而只是借之作为串联自己叙述的一个简单的工具，所以在叙述的过程中常常不经意地将他给遗忘，或者将"我"和"哈洛尔德"混用。我们已知，拜伦的作品习惯性地写他自己的经历和感受，尤其是抒发自己的情感，表现自我的性格，因而批评界常常习惯性地将他几乎所有作品中的主人公与作为作者的拜伦等同视之。鉴于此，也就可以比较好地理解为何他的《闲散的时光》遭到恶评后，拜伦反应会如此激烈，并在《英格兰诗人与苏格兰评论家》中那样奋起反击，因为这两部诗集，虽然没有虚构的人物，但那确是拜伦自己的声音，他坚持自身立场，不愿忍气吞声，势必据理反抗。然而，我们可以说拜伦式英雄反映的是拜伦自身的属性，但是那又不完全是，毕竟他倾注到文学中的自己与真实的自己不完全等量。西方学界通常也视哈洛尔德为拜伦式英雄的首次登场，但比较明确地指明是《游记》前两章，因为前两章与后两章之间缺乏连贯性，虽然同出一书，却如同两个相互独立的部分。忧郁、孤独、悲观是哈洛尔德的典型特征，也是拜伦式英雄的常见特征。国内学者习惯性地就此定义哈洛尔德在整个四章中的性格，如张耀之[35]，并且把拜

---

35 参见张耀之：《论拜伦和他的长诗〈恰尔德·哈洛尔德游记〉》，载《齐齐哈尔师院学报》，1978年第3期，第5-22页。

伦与哈洛尔德等同起来，如杨德豫[36]。西方学者对待《游记》中的哈洛尔德和拜伦本人间的关系则一般把哈洛尔德的性格看成拜伦性格的映照，但是把哈洛尔德看成是一个静止的人物形象，即还没有"行动能力"的拜伦式英雄。并且在第三章，哈洛尔德和现实中的拜伦一样，思想变得成熟了，作为一个更新的形象，哈洛尔德"更像是一个传统的反叛式浪漫主义英雄"[37]。

因为《游记》整体上来说叙事性的特征不明显，拜伦创造了这一形象却没有给他安装什么故事性的动作，所以说他更像是个静止的形象。但是在他后来发表的东方故事诗、《曼弗雷德》、《该隐》和《唐璜》等作品中，那些拜伦式英雄形象就变得栩栩如生了。如果说哈洛尔德是一个只会观察的静止存在，那么后期作品中的主人公则是行动派的存在。拜伦的东方故事大受读者喜爱不仅仅验证了拜伦的成功，也验证了他笔下拜伦式英雄塑造的成功。第一个对拜伦式英雄的特性进行归纳的是司各特。凭借着与拜伦本人的交往和对他作品的熟悉，在1816年拜伦的东方故事诗出版后，司各特对拜伦在系列作品中塑造的英雄形象评论道：

"所有，或几乎所有，他的英雄都或多或少带有恰尔德·哈洛尔德的属性：所有或几乎所有的他们都似乎时运不济，并表现出对快乐和痛苦的高度敏感；在斯多葛主义和蔑视人类的外衣下，他们有强烈的高贵感和荣誉感，对待不公和伤害同样易感。他们年青时的激情力量和丰富感触都被一连串的暗黑罪恶所凝固和抑制。在亲眼目睹和亲身经历过人类的欲望和虚荣后，已经没有什么能挑动他们锈迹斑斑的心。"[38]司各特道出了拜伦式英雄的一些基本性的特征，即敏感、愤世嫉俗、深沉。而在中国，最早论及拜伦式英雄性格的当属鲁迅。在《摩罗诗力说》中，他把拜伦视为诗人中"立意在反抗，指归在动作，而为世所不甚愉悦者"[39]的先祖，在后文他继续讨论了拜伦多部作品中的主人

---

36 杨德豫认为拜伦的第三四章是拜伦有感于分居事件和英国舆论界对他的攻击，"不再是那个淡泊的万事不关心的恰尔德·哈洛尔德，而是一个直接指向他们、有着巨大煽动力的敌人"，他开始"痛悼法兰西革命的失败"，"以锋利的诗句，投向英国的统治阶级"（杨德华：《试论拜伦的忧郁》，《文学评论》，1961年第6期，第99-100页）。他把叙事者拜伦对时政发表见解的举动默认为哈洛尔德的行为。

37 Peter L. Thorslev. *The Byronic Hero: Types and Prototypes*, Minneapolis: University of Minnesota Press, 1962. p.130.

38 Gregory Olsen. "Rewriting the Byronic Hero: 'I'll Try the Firmness of a Female Hand'", *European Romantic Review*, Vol. 25, No. 4 (2014): 463-477. p.464.

39 赵瑞蕻：《鲁迅〈摩罗诗力说〉：注释·今译·解说》，天津：天津人民出版社，1982年，第14页。

公，比如他说异教徒"绝望之悲，溢于毫素"，"其言有反抗之音"；康拉德"于世已无一切眷爱，遗一切道德，惟以强大之意志，为贼渠魁，……国家之法度，社会之道德，视之蔑如。……以受自或人之怨毒，举而报之全群，利剑轻舟，无间人神，所向无不抗战。……篇中康拉德为人，实即此诗人变相，殆无可疑已"；莱拉是"自尊之夫，力抗不可避之定命，为状惨烈，莫可比方"；曼弗雷德"以失爱绝欢，陷于巨苦，欲忘弗能，……以意志制苦"；该隐"师摩罗"，贾费特（Japhet）"博爱而厌世，亦以诘难教宗，鸣其非理者"。[40] 从鲁迅的描述可知，他看到了拜伦式英雄是内心痛苦、意志强大、厌世、蔑视宗教、热爱自由和反叛的形象，其中"反抗"是最核心的特征。

再看部分国内比较流行的拜伦式英雄定义，罗成琰在《西方浪漫主义文学思潮与中国现代文学》一文中认为：

> 所谓拜伦式英雄是指那些挺身出来反抗国家、反抗社会上的宗教和道德的叛逆者，他们具有激昂的热情，特异的个性，不可遏制的意志。他们觉得束缚着他们的社会太狭窄，所以必然同它发生冲突。他们坚持自己的信念，不愿向那些他们认为是毫无意义的价值标准低头。他们需要一切。否则，什么都不要。他们的精神特征是：孤独、阴郁、傲然。[41]

还有郑克鲁主编的《外国文学史》给出的定义：

> 高傲而倔强，忧郁而孤独、神秘而痛苦、与社会格格不入从而对之进行彻底反抗的叛逆者英雄性格——烫烙着拜伦思想个性气质的深刻印记。[42]

对比部分西方学界常见的一些定义，如拜伦的同代人、英国历史学家、批评家托马斯·麦卡莱（Thomas B. Macaulay）将拜伦式英雄描述为"傲慢、忧郁、愤世嫉俗、目空一切、内心痛苦、蔑视同类、有仇必报，同时又有强烈、深刻情感的一类人"[43]；彼得·索思利（Peter L. Thorsley）在《拜伦式英雄：类型与原型》（*The Byronic Hero: Types and Prototypes*）一书中综合马

---

40 赵瑞蕻：《鲁迅〈摩罗诗力说〉：注释·今译·解说》，天津：天津人民出版社，1982年，第70-74页。

41 罗成琰：《西方浪漫主义文学思潮与中国现代文学》，载《外国文学评论》，1994年第3期，第118页。

42 郑克鲁主编：《外国文学史·上》，北京：高等教育出版社，2006年，第181页。

43 Rupert Christiansen. *Romantic Affinities: Portraits From an Age, 1780–1830*, New York: Random House, 2004. p.201.

里奥·普拉茨（Mario Praz）的观点指出：拜伦式英雄"对女性总是谦恭有礼，通常喜爱音乐和诗歌，有较强的幽默感，身上携带有该隐的标记，即深深地罪恶感。撇开他们的'罪恶'，他们总是值得同情的人"；他们是"哥特式恶棍"（Gothic villain），但那是伪恶，实际上的他们是"人性化的"；而且"像罗密欧和上百个其他浪漫主义英雄一样"，"拜伦式英雄命中注定是个不幸的恋人"。[44]

由此可知，中西关于拜伦式英雄特征的裁定基本是一致的，这种裁定是综合拜伦作品中的人物形象和现实中的拜伦性情和遭际而下的结论。但是因为社会意识形态上的差异，中西学者就拜伦的"反叛"特性和"个人主义"的鉴定存在一定的分歧。

继鲁迅之后，中国学者围绕此问题均绕不开"反抗"或"反叛"的表述。安旗的文章《试论拜伦诗歌中的叛逆性格》已经将拜伦主人公明确地冠之以"拜伦式的英雄"之名，他指出"'拜伦式的英雄'最激动人心的，是他那愤世嫉俗的狂放不羁的反抗丑恶社会的精神"，不过对于已经消灭阶级矛盾的社会主义国家，那"就再不可能有从前那样激动人心的力量了"；不过这种性格在今天的价值和意义在于它"对现代社会的辛辣的讽刺"[45]。还有张耀之认为"东方故事诗"中的英雄"都是国家强权和社会秩序、宗教、道德的永恒的孤独叛逆者。他们具有坚强的决心，不屈不挠的意志和在斗争中永不妥协的精神"[46]。国内类似的观点从建国初直至八十年代都很流行；实际上纵观清末明初至今拜伦在中国的接受，可以发现，拜伦的反叛精神是其极为重要的推力，诚如李欧梵所说——"中国文人最欣赏拜伦的地方，在于他是个伟大的叛逆者"[47]。而西方学者眼中的拜伦的"反叛"是指拜伦的宗教怀疑论，以及对英国历史上长期主导人们价值观的伦理道德标准的蔑视，这与反资本主义社会制度没有必然联系，他反对的乃是民族压迫和独裁制度，即便关涉政治体制，那也不是意图完全地颠覆它。换句话说，在西方学者看来，"反叛"是拜伦式英雄的重要特征之一，且拜伦对英国的政治制度和基督教的"反叛"更像是

44 Peter L. Thorslev. *The Byronic Hero: Types and Prototypes*, Minneapolis: University of Minnesota Press, 1962. pp.8-9.

45 安旗：《试论拜伦诗歌中的叛逆性格》，载《世界文学》，1960 年第 8 期，第 120 页。

46 张耀之：《论拜伦和他的长诗〈恰尔德·哈洛尔德游记〉》，载《齐齐哈尔师院学报》，1978 年第 3 期。

47 李欧梵著，王宏志等译：《中国现代作家的浪漫一代》，北京：新星出版社，2005 年，第 293 页。

在认可和尊重的根本前提下的"质疑";而中国学者在社会意识形态的影响下,曾一度偏重这种"反叛"精神对社会主义阶级斗争的有益价值。

另一个存在分歧的方面是对拜伦式英雄"个人主义"的鉴定。安旗说拜伦式英雄的反抗精神"归根结底仍然不出资产阶级思想的范围",它的实质是"个人主义和无政府主义",因此拜伦式英雄"对待人民群众的态度、和人民群众的关系也就大成问题",他们的"自由幻想""可能变成和无产阶级革命运动相对立的反动的东西"。[48]杨德华也指出拜伦式英雄的个人主义阶级立场模糊不清,且"和资产阶级的英雄人物一样,他对于人民没有真正的同情",这是他们反抗特征中的"一个致命的弱点"。[49]而关于这个问题曾经还一度形成论辩的态势,起因是袁可嘉在 1964 年 7 月 12 日在《光明日报》上发表文章《拜伦和拜伦式英雄》,其核心观点是:"拜伦式英雄的积极面(符合资产阶级革命潮流的反抗精神)和消极面(资产阶级个人主义)构成一个事物的两个方面。在拜伦创作的年代,这种积极面适合民主革命的潮流,因此是主导的一面。"[50]袁可嘉带着为拜伦式英雄"个人主义"辩护的笔调必然要遭到批判,同年 12 月 6 日叶子在《光明日报》上撰文《究竟怎样看待"拜伦式英雄"?——对〈拜伦和拜伦式英雄〉一文的质疑》坚决否定"个人主义"对民主革命的积极作用。尽管后来袁可嘉不久后立即发文回应,但是叶子最后在 1965 年 4 月 11 日发表的反驳和总结性的文章彻底否定与"个人主义"相关的思想,为这次论辩定下拜伦式英雄的"个人主义"是"并不超出资产阶级思想范围的东西"的结论。有学者对此评论道:"在这种唯政治的所谓学术研究中,学术争论其实根本不可能在一个公平的平台上展开。"[51]

从过去国内学者对拜伦式英雄的"个人主义"的理解来看,阶级意识严重影响了多数学者的判断,并狭隘地将"个人"与"人民"对立起来,方才影响他们对这一特性的判断。西方学者对待同一概念和特征时,其实也意识到了这个问题。彼得·索思利说"拜伦式英雄是个人主义者,不是集体主义者",

---

48 安旗:《试论拜伦诗歌中的叛逆性格》,载《世界文学》,1960 年第 8 期,第 122-123 页。

49 杨德华:《试论拜伦的忧郁》,《文学评论》,1961 年第 6 期,第 107 页。

50 转引自张旭春:新中国 60 年拜伦诗歌研究之考察与分析,《外国文学研究》,2013 年第 1 期,第 136 页。

51 张旭春:新中国 60 年拜伦诗歌研究之考察与分析,《外国文学研究》,2013 年第 1 期,第 136 页。

他们不管是以什么形式出现，"与民族主义很少或根本不会有什么关系"；[52]
他指出，"个人主义"是浪漫主义的一个"关键性特征"，这个概念在某种程
度上来说，确实是个"消极的概念"[53]。不过，"个人主义"既是浪漫主义作
家的一个共性，那么它必然有其他更深层次的内涵。索思利认为尤以拜伦最为
明显的浪漫主义作家孤立于他们所处的社会之外，他们是"叛逆者和圈外
人"（rebels and outsiders）；因为他们拥有很强的精英意识，有意地让自己与
芸芸众生区别开来，所以内心时常产生一种孤独感和被异化感。拜伦是这个群
体中最典型的代表，他更是常年流浪于祖国之外，感慨"他从没爱过这个世
界，这个世界也没有爱过他"；作为"自然之子"，他自视与自然更为切近，
对待社会道德和宗教，他思想往往表现得很极端，这更让他们与社会格格不
入。[54]回过头来看以往部分国内学者的看法，可见他们片面地理解了"个人主
义"的内涵。还原拜伦式英雄的"个人主义"，它不是诗人以及诗人笔下的英
雄人物自私自利的说法，那些"英雄"与群众有距离感，那是因为他们无法从
人世间感受到被接受，同时也不愿意积极融入社会，在巨大的孤独感和被异化
感的情感不断侵袭下，他们对整个世界的悲观情绪时刻在蔓延。所以实际上他
们的内心是极其痛苦的，只能偶尔从大自然获得些许慰藉。他们孤傲、愤世嫉
俗、以自我为中心并不代表他们不关心广大人民群众，他们实质上是在以强大
的意志放逐自我，体味精神的自由；他们反叛的是社会里丑恶的部分，怀疑的
是宗教中缺乏人性的一面。

尽管过去对拜伦式英雄存在一些误读，单就这个系列人物的精神，国内不
乏精辟的见解。白英丽的文章《拜伦的英雄伦理观透析》指出拜伦式英雄的内
涵包括有"热情的道德理想"，它是"自由主义、撒旦主义与强力意志"的结
合；它"既具有个人主义的因素又有着人道主义的诉求"，这种人道主义的特
征发展到唐璜的时候已经非常明显。"爱就是恨，恨就是爱"，拜伦对这个世
界的深刻憎恶正反映了他对这个世界的深刻的爱。[55]而蒋承勇的文章《"拜伦

52 Peter L. Thorslev. *The Byronic Hero: Types and Prototypes*, Minneapolis: University of
    Minnesota Press, 1962. p.196.

53 Peter L. Thorslev. *The Byronic Hero: Types and Prototypes*, Minneapolis: University of
    Minnesota Press, 1962. p.17.

54 参见 Peter L. Thorslev. *The Byronic Hero: Types and Prototypes*, Minneapolis: University
    of Minnesota Press, 1962. p.18.

55 参见白英丽:《拜伦的英雄伦理观透析》, 载《喀什师范学院学报》, 2008 年第 1 期,
    第 83-87 页。

式英雄"与"超人"原型——拜伦文化价值论》可以说是对白英丽观点的进一步深化。他认为拜伦式英雄所有的"恶"的心理秉性和非道德倾向乃是对现代文明的全面否定,拜伦式英雄与尼采的超人有许多共通之处:能忍受孤独和痛苦,是高层次的"自我";力图颠覆传统的善恶观;他们的个人主义反证了他们"对人类本体的、深度的爱"。[56]白英丽和蒋承勇的论述虽然不像西方学者那样放到了一个浪漫主义时代的大背景下去审视,但是就拜伦及其英雄的个案透视已经与西方同步,并提出了具有重要启发意义的观点。

中西关于拜伦式英雄还存在一些关注面的差别,比如当人们谈论拜伦式英雄的时候,往往联想到拜伦作品中的男主人公,然而,既然拜伦式英雄指的是一类人、一种性格,那么这同样可以填充到女性身上。拜伦式女英雄是否存在呢?答案显然是存在的。国内尚无学者对此进行探究,唯一一篇论及此话题的是刘春芳的论文《海蒂——拜伦笔下拜伦式的女英雄》,作者从海蒂的外表、出身、性情来与拜伦式英雄的特征进行匹配,但这些是表层上的偶然近似,还不足以证明海蒂属于拜伦式女英雄。[57]在西方学者看来,如果要从拜伦笔下的女性人物中找出一位契合拜伦式英雄特性的个体,那就非《海盗》中的加尔奈尔莫属了。在卡罗琳·富兰克林的《拜伦的女主角》(Byron's Heroine)一书中,其第三章"女性的腕力:东方故事中积极的女性形象"("The Firmness of a Female Hand": The Active Heroines of the Tales)专门论述了加尔奈尔作为一位典型的拜伦式女英雄的案例。富兰克林主要从性别视角切入,认为加尔奈尔为了自身的自由,为了解救唐纳德而杀死自己担任总督的丈夫的英勇行为值得称赞,她完成谋杀后朝自己额头上抹上一道血迹的行为正式标志着她已经跳脱了拜伦习惯性塑造的女性"他者"范畴。[58]还有格雷戈里·奥尔森(Gregory Olsen)的《重写拜伦式英雄:"我要试试女性的腕力"》(Rewriting the Byronic Hero: "I'll Try the Firmness of a Female Hand")承续了富兰克林的观点,只是他更多地是从拜伦式英雄的特性来审视加尔奈尔的形象。相比于康纳德,加尔奈尔更是一个"塑造得更充分的形象";拜伦式英雄一个常见的特性是反叛,而她谋杀了自己的亲夫,背上了罪恶,走向了"堕落","和男性拜伦式英雄一样,她被浪漫化和恶魔化了";拜伦式英雄价值观中的最高准则

---

56 参见蒋承勇:《"拜伦式英雄"与"超人"原型——拜伦文化价值论》,载《外国文学研究》,2010 年第 6 期,第 55-63 页。

57 关于此,可参见本节三、拜伦的女性观部分的论述。

58 Caroline Franklin. *Byron's Heroines*, Oxford: Oxford University Press, 1992. pp.72-99.

是"理想化、甚至精神化了的爱"，她的行径不仅仅是因为爱康纳德，更是因为爱自由，此如她自己所言——"爱与自由共栖"（Love dwells with-with the free）。因此，"她与拜伦式英雄的主要特性完全契合"。[59]

关注面上的差异还表现在拜伦式英雄与其他英雄类型的比较。例如国内学者张业余的文章《拜伦与多余人之比较》将拜伦式英雄与俄国文学中的多余人形象作了异同的比较，作者用历史唯物主义的方法进行二者精神的阐释和比较依然带有比较明显的阶级意识。沈一鸣的《拜伦式英雄与海明威式英雄——16至20世纪英美文学的个人主义英雄范型》同样比较了两种英雄特征上的异同，并解释了它们各自产生的背景。还有张岩的博士论文《英雄·异化·文学——西方文学中的英雄母题及其流变研究》将西方文学中的英雄分成古希腊、中世纪、文艺复兴、十八世纪、浪漫主义及二十世纪等几个不同时期的类别，并分述了他们的特征。从国内这些英雄类型之间的比较和演变研究来看，国内学者将西方文学中的"英雄"类型细化，把一些具有典型性格的人物形象类型也定为一种英雄类型，比如"多余人"和"海明威式英雄"，以及张岩论文中还论及的"鲁滨逊式英雄"、"罗兰式英雄"、十二世纪的"反英雄"更属于是一种典型性格，他们所代表的人物面比较有限，虽带有一定的时代特性，但不具备代表整个文学时代的典型性。西方学者索思利将拜伦式英雄的时代，也即浪漫主义英雄时代，视为"西方最后一个伟大英雄时代"（Our Last Great Age of Heroes），就是因为拜伦式英雄是文学史上特殊时期诞生的具有典型代表性的"英雄"类型，它在"社会、伦理和哲学"层面都具有深刻的反叛性体现；而且"浪漫主义时代属于一个英雄的时代"，"是一个政治和军事英雄的时代"。[60]按照索思利的观点，包括拜伦、司各特、华兹华斯和柯勒律治、普希金、莱蒙托夫等诗人在内的浪漫主义作家实质上都具有拜伦式的"个人主义"，拜伦式英雄的性格在这一时期的其他很多作家笔下都有体现，比如歌德笔下的浮士德普希金笔下的叶甫盖尼·奥涅金，莱蒙托夫笔下的毕巧林等都属于拜伦式英雄的子集，政治军事家拿破仑是拜伦式英雄在现实生活中的真实表现之一。以此，我们就可以理解为何西方学者在讨论拜伦式英雄的时候常常把浮士德和拿破仑牵涉进来，而国内学者往往只限于引证拜伦笔下的那些典型形象。

---

59 Gregory Olsen. "Rewriting the Byronic Hero: 'I'll Try the Firmness of a Female Hand'", *European Romantic Review*, Vol. 25, No. 4 (2014): 463-477.

60 Peter L. Thorslev. *The Byronic Hero: Types and Prototypes*, Minneapolis: University of Minnesota Press, 1962. pp.15-16.

二、东方书写

拜伦的东方书写主要存在于他的东方故事诗（包括《异教徒》《海盗》《莱拉》《科林斯围攻》《帕里西娜》）和《唐璜》及《游记》等作品中，他所描绘的东方是近东，包括土耳其、阿尔巴尼亚和希腊，犹以土耳其为代表。东方书写是十九世纪英国浪漫主义一个常见的特征，异域风情是诗人借之以发挥想象的素材，是主观抒情的一个寄托。不管是整体谈论浪漫主义还是单独聚焦拜伦，东方书写都是一个引人注目的点。国内学者对东方书写的关注虽然远不及西方那么密集，但是这个问题的主要方面也均有所涉及。

1978 年，张耀之发表论文《论拜伦和他的长诗〈恰尔德·哈洛尔德游记〉》，内中论及拜伦的"东方叙事诗"，这是国内最早关注到拜伦东方书写的论文。张耀之列出了这六部描写东方的叙事诗以及它们创作的背景，他认为："残酷的现实，给广泛的社会阶层带来了巨大的心理创伤，激荡着巨大热情的'东方叙事诗'，恰适应这种社会情势于 1813-1816 年间出现，并迅速获得广泛的反响"；东方叙事诗的最根本的特征是"在想象中依靠特异的力量解决故事的基本的悲剧性冲突"；异域情调有助于"表达极端的热情与感情"，"为非凡人物的活动和非常事件的展开烘托气氛"，故事"富于爆炸性"，能带来惊心动魄的效果，提供意外的印象。[61]张耀之分析的拜伦东方书写的背景是有所依据的，且拜伦确实曾经通过描绘东方的暴政的来隐射英国政府，"特异力量"或"超然的力量"指的是拜伦借助想象创造出的反抗力。西方也有学者持类似的看法，如陈·阿诗肯纳兹（Chen Tzoref-Ashkenazi）专门论述过浪漫主义作家对东方暴政的态度，并指出拜伦将东方的暴政与英国的社会和政治联系在一起，可以说他描写前者是为了抨击后者。作者举例说拜伦在英国议会的首次演讲就反对处以卢德工人死刑的决议，在演讲中他把不列颠比喻成东方的土耳其："我到过土耳其一些受压迫最严重的省份，那些异教徒组建的政府是我见过的最专横的政府，但是自从我回到一个基督教的国度后，我才发现居然还会见到这样肮脏卑劣的暴政"。[62]

1988 年出版的《东方故事诗》简介部分，译者李锦秀提出了《异教徒》的结构问题，他认为"整个故事进展不连贯，夹杂着过多抒发感情与揭示某种

---

61 参见张耀之：《论拜伦和他的长诗〈恰尔德·哈洛尔德游记〉》，载《齐齐哈尔师院学报》，1978 年第 3 期，第 10 页。

62 Chen Tzoref-Ashkenazi. "Romantic Attitudes toward Oriental Despotism", *The Journal of Modern History*, Vol. 85, No. 2 (2003): 280-320. p.297.

哲理相结合的诗句，……给人结构松散的感觉"，他怀疑拜伦创作的时候是否为了追求速度而"难于在情节安排上精心琢磨"。[63]关于"东方故事诗"的结构问题，的确有很多学者认为《异教徒》的结构是碎片化的，这部作品从故事情节上来说，有很多重要的部分含糊不清，还有的部分之间相互矛盾，且在《阿比多斯的新娘》《海盗》和《莱拉》中都有类似的问题。不过至于评论者认为这是一种带有挑逗性的叙述方式还是一种感性草率的讲故事方式，这因人而异，比如威廉·马绍尔认为拜伦的《异教徒》有堆砌篇幅的嫌疑，而迈克尔·桑德尔则认为拜伦这样处理使故事更加深刻。[64]其他也有学者如罗伯特·麦科尔（Robert McColl）提及《柯林斯的围攻》和《帕里西娜》的结构，认为它们看似碎片化，而实际上"它们的部分不是'碎片'，而是易于辨析的完整、独立的叙事情节，它们有一条贯穿其中的红线"[65]。李锦秀还指出拜伦在《异教徒》中没有表现出对伊斯兰教的"恶意"，"他的某些愤懑情绪是针对土耳其贵族对希腊的压迫、奴役统治而发的"[66]，《海盗》"也曲折反映了诗人对希腊民族解放运动的深刻关切和同情"[67]。沙西德哈·巴里（Shahidha Bari）在《倾听蕾拉：拜伦《异教徒》中渴望的重新定向》一文聚焦于女主人公蕾拉（Leila）的身份隐喻，她的形象塑造之难映衬了东方想象之难，蕾拉在《异教徒》中成了一个"失语"的女性形象，这说明了东方作为一个"文化他者"，没有自我发声的能力，而是任由西方来言说。此外，蕾拉是土耳其总督哈桑的女奴，拜伦作为一个西方人意图占有她，后来他在营救蕾拉的时候又借助了阿尔巴尼亚的力量，最后蕾拉的命运还是被流放到了希腊的底比斯，这说明蕾拉就像是当时的希腊，被多个力量争夺和瓜分，这从侧面表现出拜伦对希腊境况的同情。[68]拜伦对希腊素有好感，借作品曲线地表达他对理想国度境遇的同情是中西学者比较一致的看法。

---

63 [英]乔治·戈登·拜伦著，李锦秀译：《东方故事诗（上集）》，长沙：湖南人民出版社，1988年，第2页。

64 参见第二章第三节之四、其他长诗。

65 Peter Cochran ed. Byron and Romanticism, Newcastle: Cambridge Scholars Press, 2006. p.241.

66 [英]乔治·戈登·拜伦著，李锦秀译：《东方故事诗（上集）》，长沙：湖南人民出版社，1988年，第2页。

67 [英]乔治·戈登·拜伦著，李锦秀译：《东方故事诗（上集）》，长沙：湖南人民出版社，1988年，第169页。

68 参见 Shahidha Bari. "Listen for Leila: The Re-direction of Desire in Byron's *The Giaour*", *European Romantic Review*, Vol. 24, No. 6 (2013): 699-721.

　　李爱梅认为拜伦书写"东方情调"是"满足他心理和生理上的流浪癖的最好方式",是抚慰他现实遭际中产生的精神创伤的良好途径[69];杜平说拜伦和雪莱把东方当成文学想象的一片异域空间,是他们"投射自我政治观点的一个背景",是满足他们"流浪的癖好"的一个绝好选择。[70]这道出了浪漫主义诗人在创作过程中寻找想象源泉的努力和表达主观情感的精神诉求。周宁指出拜伦的《游记》和雪莱的《阿拉斯特:孤独的精神》(Allaster: The Spirit of Solitude)"都在描述旅行,但是都是没有目的的漫游","他们的东方都是历史的过去或事件的起源,是由空旷的墓地与废墟构成的永恒之地。他们的旅游与其说是空间的位移,不如说是时间中的回溯,具有绝对的非现实性"(137-138)[71]。这是因为拜伦和雪莱都在文本中回忆了往昔东方的历史事件和人物,而且他们的回忆文本都是想象加工后的文字,目的不在于还原真实的情境,而在于让它们服务于自己的思想和情感。在具体上的差异就是纳吉所指出的那样:雪莱写《阿拉斯特:孤独的精神》的时候,把自己想象成"置身于一片古老的东方土地,在那里他寻找一位神话中的女神",发起想象的起点是过去历史中的地点和人物;而拜伦是站在真实的现在,面对真实的场景回想过去此地的人和事,发起想象的起点是即时的所见所闻及所感。[72]因而按照纳吉的观点,雪莱的书写可以说是绝对的非现实性,拜伦的书写则是现实和想象的交融。

　　拜伦的东方书写与其他主要浪漫主义作家的区别之一是拜伦亲身游历过东方,其他作家很少或没有这种切身的体验。国内学者对拜伦的东方书写是否属于赛义德所说的东方主义的范畴是近年来讨论相对最多的一个话题。杨莉力在突出拜伦的东方书写的写实性,依据来源于拜伦在信件中坦承的那样——"我的故事与我的东方(我在此有无人匹敌的优势,我从那里亲眼看见的东西,我的同时代人只能从其他人的作品中抄过来),我能做到绘形绘色"[73]。陈彦旭则强调它是一种真实可靠的现实主义的书写,这与拜伦"客观公正的态度有

69　李爱梅:《拜伦作品中的"东方情调"的思想文化根源》,载《世界文学评论》,2007年第1期,第260页。

70　参见杜平:《不一样的东方——拜伦和雪莱的东方想象》,载《四川外语学院学报》,2005年第6期,第9-10页。

71　周宁:《孔教乌托邦》,北京:学苑出版社,2004年,第138页。

72　参见 Naji B. Queijan. "Byron's Virtual Mapping of an Oriental Myth", International Byron Conference-July 2013. p.2.

73　杨莉:《拜伦叙事诗研究》,浙江大学博士论文,2010年,第74页。

着密切的关系"，而且拜伦还矫正了"西方人头脑中有关东方的某些错误观念"，总之他的努力"不同于以往的'图书馆式东方书写'（Literary Orientalism），而是一种'现实主义东方书写'（Realistic Orientalism），对东西方的文化交流起到了积极的促进作用"。[74]陈彦旭提到并征引了黎巴嫩学者纳吉·裘以安的观点，但只是片面地选取和理解了纳吉的论点。纳吉在他的著作和文章中对拜伦的东方书写都有过讨论，比如《一个形象的发展：英国文学中的东方》一书中指出拜伦东方书写中文化移情的积极意义，而后在 2013 年 7 月在伦敦国王学院举办的国际拜伦研究会议中，纳吉作为主要发言人之一宣读了他的论文《拜伦对东方故事的想象性描绘》（Byron's Virtual Mapping of an Oriental Myth）。在这篇文章中，纳吉指出其他浪漫主义作家如布莱克、华兹华斯、柯勒律治、雪莱和济慈都没有去过东方，他们的东方书写均是通过以往对这些地方的描述加上自己的想象而来，而拜伦同样也是利用了想象对东方进行加工，只不过他加工的材料来源于他在真实场景下的切身体验。济慈说"拜伦描述的是他所见到的，我描述的是我想象的——我的工作才是难度最大的"，这样看好像把拜伦排除在了传统浪漫主义之外。实际不然，纳吉认为拜伦不喜欢没有基于现实的想象，同样也不信任未经过想象加工的纯粹的事实。所以，东方对于拜伦来说其实就像是"爱德华·赛义德将东方描述成的'戏剧舞台'"一样，他运用他"在场的经验"来在文本中营造了一个"想象的空间"，"文学性与基于生动回忆的想象混杂在一起，这样就将拜伦自己和读者的视域提升到了一个接近崇高的迷狂层面"。[75]那么，纳吉的观点其实并不完全否定赛义德东方主义对拜伦的定义，当拜伦将东方当做自己想象实验的一个舞台，其"最终目的还是为了刺激读者对异域风情的感知和移情"，东方是作为一个引人入胜的"他者"而被利用，只不过拜伦传输的东方想象相对更加正面、积极一些而已。赛义德在《东方学》中视拜伦与其他浪漫主义作家的东方书写没有本质上的区别，确也受到沙拉夫丁、基德瓦伊和纳吉在早些年的质疑，但是那些论点及其论据并不能站得住脚。[76]

74　参见陈彦旭：《英国浪漫主义诗人拜伦的"现实主义东方书写"》，载《湖北民族学院学报（哲学社会科学版）》，2013 年第 5 期，第 71-75 页；陈彦旭：《"我——它"与"我——你"——马丁·布伯理论视角下的浪漫主义诗人东方书写研究》，东北师范大学博士论文，2013 年，第 75-83 页。

75　Naji B. Queijan. "Byron's Virtual Mapping of an Oriental Myth", International Byron Conference-July 2013. pp.2-4.

76　参见本章第一节之批评理论话语。

另外还有部分国内学者也联想到赛义德东方学的后殖民主义话语视角，挑明拜伦东方书写的本质属性。如李爱梅的文章《拜伦作品中"东方情调"的思想文化根源》一针见血地指出：拜伦的作品中可以看到"后殖民主义语境下的'东方情调'内涵"，即"西方文化的'东方他者'形象"、"边缘性地位"、与西方文化"相互排斥的关系"；"拜伦对东方的描写、对'东方情调'的钟爱很大程度上源于他对英国的热爱和对西方文化中心论的信奉……所谓的'重情'只是热衷于对东方负面形象的描写。这不仅仅是对东方误解，而是某种文化对作者心理的一种潜移默化的影响"。[77]杜平拿拜伦与雪莱的东方想象作比较，发现两位诗人的东方想象在不同背景下展开，其中拜伦的想象凭借的是他的东方经历，而雪莱的想象则来自于"一个虚构性的背景"，尽管两位诗人在接受和表现东方题材上的文化取向和风格有所不同，但是东方作为"西方文明摆脱自我焦虑、超越自我的一个不可或缺的异己"的身份没有改变。[78]其实不管是拜伦还是雪莱，他们对东方都是的想象都不可避免地带有意识形态虚构的成分，拜伦的确相对更多地参照了自己的所见所闻，但他是带着先前从西方东方学的知识库中已经获得的"前理解"去审视东方的，所谓的他对以往东方学知识的"矫正"，只不过是他用亲身体验来检验它们后发现的表面上的差异，而从一个西方的惯常视角把东方看作文化他者的方式没有本质区别。纳吉说拜伦对东方的书写更多积极正面的东西是与其他西方人的东方书写作比较后的结论，实际上拜伦关于那些地方的负面描写也屡见不鲜。

必须承认的是，拜伦从同代浪漫主义作家中被区别出来很大一部分原因是他对东方的亲身体验和"一手材料"；此外，他还是这部分群体中在作品中借用土耳其和波斯的外来词最多的一位[79]，因此才产生了用东方主义检验拜伦的东方书写是否有效的争论。从许多相关论述可以看出，不少学者论及拜伦与东方主义的时候，往往把拜伦作品中所有与东方有关的描写视作一个整体，然而，这并不严谨。有学者将《唐璜》与之前的东方故事区分开来，并指出《唐

---

77 李爱梅：《拜伦作品中"东方情调"的思想文化根源》，载《世界文学评论》，2007年第1期，第259-261页。

78 杜平：《不一样的东方——拜伦和雪莱的东方想象》，载《四川外语学院学报》，2005年第6期，第7-10页。

79 关于此，可参见 Garland Cannon. "Turkish and Persian Loans in English Literature", *Neophilologus*, Vol. 84, No. 2 (2000): 285-307.

瑛》中的东方书写不一样的地方在于他写这部作品的时候已经摆脱了精神上的罪恶感和懊悔感，所以他不再需要亲临东方去寻求精神的慰藉，因而在这部作品中的东方书写并不像之前那样来源于一手资料，而是从以往关于东方的历史文本中获取材料。[80]那么，单就《唐璜》中的东方书写而言，拜伦有大量情节集中于对东方政治的腐败和暴政的鞭挞，另外一方面土耳其士兵的勇气和英雄主义又深深地感染了唐璜，这些看似矛盾的地方只是具体到个人对东方情感的差异，并不能掩盖拜伦东方书写的东方主义本质。

　　值得注意的是，科克伦在《拜伦与东方主义》一书中，一反学界普遍套用赛义德东方学视角解读拜伦的做法，他从怀疑赛义德对拜伦的了解入手，进而质疑整套话语的以偏概全性。他从赛义德在《东方学》一书中所有提到拜伦的地方进行检视，发现那些地方仅仅是提及拜伦，就好像是因为"他知道拜伦是一个重要的'东方主义'作家，所以他必须在这样一部论著中提到他"[81]，而且他唯一提到的拜伦的作品是《异教徒》，但是从他对这部作品的描述来看，他似乎也没有读过它，甚至连拜伦其他的作品，赛义德似乎也均没有读过。在科克伦看来，赛义德不喜欢个案研究，他意图把"所有鸡蛋都放到一个篮子里，然后做一个很大的鸡蛋卷"[82]，《东方学》因而读起来是"一本令人困惑的书"，作者的目的是为了"让他的西方读者为他们的作家这样描写东方而感到愧疚"[83]。科克伦不止质疑他是否读过拜伦，还质疑他为什么会把威廉·琼斯[84]这样重要的东方学家给忽略了，他的书同样没有提到骚塞，这"让人怀疑他可能从没有听过骚塞"。综合这些因素，科克伦犀利地批评《东方学》这本书是"一部如此思想狭隘（blinkered）、武断教条（dogmatic）的书，以至于让时下大多数政治事务陷入恼人的境地"[85]。科克伦罕见地对《东方学》这样

80　G. K. Rishmawi: "The Muslim East in Byron's Don Juan", *Papers on Language & Literature*, Vol. 35, No.3 (1999): 227-243. p.227.

81　Peter Cochran. "Edward Said's Failure with (Inter Alla) Byron", in *Byron and Orientalism*, ed. Peter Cochran, 2006. p.185.

82　Peter Cochran. "Edward Said's Failure with (Inter Alla) Byron", in *Byron and Orientalism*, ed. Peter Cochran, 2006. p.185.

83　Peter Cochran. "Edward Said's Failure with (Inter Alla) Byron", in *Byron and Orientalism*, ed. Peter Cochran, 2006. p.188.

84　拜伦的东方知识主要来源于英国著名的东方学家威廉·琼斯（Sir William Jones）。（参见 Peter Cochran ed. *Byron and Orientalism*, Newcastle: Cambridge Scholars Press, 2006. pp.6-16.）

85　Peter Cochran. "Edward Said's Failure with (Inter Alla) Byron", in *Byron and Orientalism*, ed. Peter Cochran, Newcastle: Cambridge Scholars Press, 2006. p.196.

一部影响力非凡的著作进行批判，他以这部著作与拜伦的联系为例质疑他的全面性和权威性本身是一个可取的切入点，然而他几乎所有相关的质疑都仅仅停留在揣测的层面，并没有真实可靠的依据。此外，因为他的重心都放在了对这本书本身论述的片面性上，惜无具体的分析以说明拜伦的东方描写不属于东方主义的范畴，唯一提到的一处也和纳吉的论据一样，即传播了很多土耳其相关的正面印象，"倒转了（西方）读者反土耳其的情感"[86]。

英语世界聚焦于拜伦东方书写的博士论文几乎无一例外都把它们视为是东方主义视野下的典型文本。如费米达·苏丹娜的《浪漫主义作家的东方主义与伊斯兰教：骚塞、雪莱、穆尔和拜伦》（*Romantic Orientalism and Islam: Southey, Shelley, Moore, and Byron*, Tufts University, Ph.D, 1989）在第五章——"拜伦的东方主义：土耳其故事与《唐璜》"侧重于《唐璜》的案例；苏珊·泰勒的《废墟上的对立：英国浪漫主义中东方主义与帝国的建构》（*Ruining Oppositions: Orientalism and the Constructions of Empire in British Romanticism*, Brown University, Ph.D, 1993）第五章——"拜伦与东方主义的废墟"，分析了拜伦在书写的东方"他者"的过程中夹杂的性别和政治元素；阿卜杜·基德瓦伊的《"最好的东方主义案例"：拜伦勋爵"土耳其故事"中的东方研究》（*"Samples of the Finest Orientalism": A Study of the Orient in Lord Byron's "Turkish Tales"*, University of Leicester, Ph.D. diss., 1993），从措辞、比喻、形象三个方面对拜伦与骚塞和穆尔的东方主义进行了分析。以及安德鲁·沃伦（Andrew Benjamin Warren）的《人群中的孤独：年轻一代的浪漫主义作家与东方》（*Populous Solitudes: The Orient and the Young Romantics*, University of California, Ph.D, 2009）的第二章主要分析了《莱拉》中的东方主义。总之，国内和西方关于拜伦的东方书写的研究已经从拜伦着眼东方的心理动机和背景分析转向了其中的东方主义讨论，并且随着后殖民主义理论话语的介入，拜伦的东方书写已经基本被定格为东方主义的典型。国内相关问题的讨论虽然远不及西方那么热烈，但观点与西方学界已渐趋一致。

三、女性观

随着性别研究在上世纪八九十年代的兴起，拜伦作品中的女性角色受到

---

86 Peter Cochran. "Edward Said's Failure with (Inter Alla) Byron", in *Byron and Orientalism*, ed. Peter Cochran, Newcastle: Cambridge Scholars Press, 2006. p.192.

了中西学界的广泛关注，由此引发的对拜伦的性取向和女性观的探讨一时成为热点，尤其是女性主义理论话语观照下的拜伦式女角色成为学界批判和分析的重点对象。从整体上看，中国学界对此问题注目较多的是女性学者，且她们均不约而同地对拜伦的女性观表示谴责，她们分析拜伦的女性角色目的是为了揭示拜伦对女性的歧视；西方学界对这个问题相对国内来说，成果数目更多，观点更加丰富，分析所用的切入点也有较大不同。具体来说，女性形象分为正面和消极两种定向，以及透过作品中的对女性的评价看拜伦对现实中的女性作家的看法是两个共同的研究方向；不过，西方在对具体作品和具体的女性形象研究上更加透彻和深入。

国内学者对拜伦的女性观关注较晚，刘春芳在 2001 年发表的《海蒂——拜伦笔下拜伦式的女英雄》一文是最早直接讨论拜伦笔下的女性形象的文章。在这篇文章中，作者把海蒂看成是"拜伦式英雄的杰出代表"，她在身体上拥有美艳绝伦的外表，这"代表着'拜伦式英雄'在肉体上具有'支配地位的人格'"[87]；在性情上，海蒂热情洋溢，而且对待爱情，她不惧死亡的坚贞难能可贵。作者还认为海蒂生活于海岛，离群索居、神秘难测，作为自然之子的她完美纯洁，正好是世俗社会陈腐、虚伪的反面，所以是理想的化身。西方学者乔安娜·拉普夫在文章《拜伦式女主角：乱伦与创造过程》与刘春芳关于海蒂形象的观点基本一致，同样认为海蒂是拜伦在作品中塑造的一个不论是人格还是外表上都倾向于完美的理想女性。不过，海蒂被视为拜伦在作品中臆想的完美女性形象是学界的共识，但是海蒂通常并不被看作是拜伦式英雄的女性代表，外表是否出众也不是拜伦式英雄的必备条件。

而同样就海蒂的形象，国内学者王美萍在文章《爱情的囚徒们——拜伦笔下的女性人物群像》就把她列入爱情的囚徒群体中，与通常人们印象中代表梦幻爱情，甚至用于讽刺英国贵族虚伪婚姻的宗教禁欲主义的看法不同的是，作者认为海蒂是受到唐璜美貌的吸引，进而诱惑他，所以海蒂在拜伦"眼里还是成了有致命诱惑力的使人堕落的蛇"，是一个呼之欲出的"淫妇形象"[88]，作者把拜伦对海蒂之美的描述解读成诱惑的引子，把唐璜被卖身为奴隶后的反思当成是海蒂理应遭到唐璜（拜伦）"口诛笔伐"的证明，这种论证偏于

---

87 刘春芳：《海蒂——拜伦笔下拜伦式的女英雄》，载《张家口师专学报》，2001 年第 1 期，第 12-13 页。

88 王美萍：《爱情的囚徒们——拜伦笔下的女性人物群像》，载《解放军外国语学院学报》，2005 年第 5 期，第 77 页。

牵强。唐璜被看成是一个不断被女性引诱的"受害者"，这在学界是有一定认可度的说法，且把海蒂看成是引诱者之一本身是可以理解的，只是海蒂在这里被作者当成了一个不恰当的例证。而彭江浩的《拜伦的女性观》一文也把海蒂的情节看成是反映拜伦女性观的一个典型例子，只是在这里作者举海蒂的例子是为了说明拜伦所期待的女性之美，或者说是拜伦所认同的"传统的女性审美价值取向：忠贞温顺、恬静文雅，将所爱的男人作为唯一的、根本的追求和寄托，既能抚慰、庇佑男性的灵魂，又不给男人造成丝毫威胁"[89]。可以说，彭江浩对海蒂形象的理解是与刘春芳论述下的海蒂形象的一个反向定位，而且前者认为海蒂是拜伦笔下一个丧失自我意识和独立人格的典例，同样也是受到许多学者赞同的说法。

海蒂形象被国内学者拿来讨论多数情况下都是被当做批判拜伦女性观的例子，把拜伦的女性观看成是女性主义的反面，不论在国内还是西方都是比较一致的声音，上述王美萍和彭江浩的文章也是此类。其中王美萍指出拜伦通过爱情把作品中的女性角色桎梏于爱的囚笼中的做法是一种"菲勒斯中心意识"的表现，拜伦把他的拜伦式英雄几乎无一例外地全部刻画为对女性极具吸引力的人物，而女性要被男性接纳，那她必须要有色相美，女性甘愿成为肉身的囚徒；还有就是女性都被塑造成单纯甚至无知的形象，她们总是沦为被男性英雄拯救的对象，所以她们感性，且虚弱无力，缺乏掌控自身命运的能力。作者的论点本身是立得住脚的，只是所引用的例子只能部分地用于支撑该论点，譬如作者认为拜伦在作品中喜塑造文化修养欠缺的女性形象，这是与他在私生活中的"情妇绝大部分是中下阶层缺乏文化教育的美艳妇人"相类似，这存在谬误；[90]还有拜伦笔下的拜伦式英雄并不总是扮演"英雄救美"的救世主角色，诸如《唐璜》中的海蒂和杜杜、《海盗》中的加尔奈尔（Gulnare）都在男主人公危难时刻给予了关键的援助。彭江浩指出拜伦在《唐璜》中多处表达对女性的轻蔑，并从荣格心理学分析这背后与拜伦的生平经历有关，他认为拜伦"站在父权意识形态立场上，展示……男性权威和男子汉气概，强化女性的美丽幼稚、自我牺牲和奉献而忽略女性的感受和体验，抹煞女性自主意识。作品中的女性形象被异化，被歪曲，女性声音被遮蔽，被压抑，是拜伦创造的

---

89 彭江浩：《拜伦的女性观》，载《湖北师范学院学报（哲学社会科学版）》，2006 年第 6 期，第 63 页。

90 可参见本书第一章第三节"繁杂跌宕的情史"。

虚幻镜像和空洞能指"[91]。他和王美萍的这种观点在唐乐的学位论文《拜伦诗歌中的女性观》也有近似的观点陈述和总结。

反观西方，对拜伦女性观的批判也大量存在。保罗·道格拉斯的文章《拜伦勋爵从卡罗琳·兰姆女士那里学到了什么》（What Lord Byron Learned from Lady Caroline Lamb）指出，兰姆在她的小说《格伦那翁》中将拜伦式的人物形象小说化，还使拜伦作品总一向没有声音的女性形象发出声音，拜伦后来在《唐璜》中也塑造了能发声的女性形象来作为对兰姆的回应，只不过拜伦的目的是为了降格女性，而不是给予她们力量。[92]国内外学者均意识到拜伦作品中的女性在大多数时候都是一种无声的存在，她们的出现，都是为了拜伦式男性英雄的衬托，她们的形象都是拜伦／男性视角下的产物，而且拜伦对女性地位的贬低往往是为了维护男性的权威地位。大卫·西格勒（David Sigler）的《英国浪漫主义中的性趣味：性别与精神分析》（*Sexual Enjoyment in British Romanticism: Gender and Psychoanalysis, 1753-1835*）一书论述了英国浪漫主义写作对男权中心的变相维护，西格勒认为在整个这一时期，浪漫主义文学界试图通过想象的虚构和语言的描述来界定性别的差异，拜伦作为这一时期浪漫主义的一大代表，他的《唐璜》就是反对"妇女政治"（petticoat-sway）的典型文本。在这部作品中，拜伦把性别描述成是可以塑造的，正如他在第十四章第 25 诗组所言："请问问女人吧：她情愿（当然这要等到她三十岁以后）作女人还是男人？学童还是皇后？"[93]拜伦以为，女性和男性一样渴望获得政治和性别上的权力，他开玩笑式地列出这个假设，实质上是站在男性立场为稳固男性话语而取笑女性对这种权力的渴望。[94]

在中西学者看来，拜伦之所以在作品中抑制女性话语而高扬男性权威，主要原因还是拜伦感受到了来自女性力量的威胁。在《唐璜》中，他把莎弗称之为"蓝袜子贤哲"（Sappho the sage blue-stocking）[95]，还有在 1820 年 9 月 28

91　彭江浩：《拜伦的女性观》，载《湖北师范学院学报（哲学社会科学版）》，2006 年第 6 期，第 64 页。

92　参见 Paul Douglass. "What Lord Byron Learned from Lady Caroline Lamb", *European Romantic Review*, Vol. 16, No. 3 (2005): 273-281.

93　[英]拜伦著，查良铮译：《唐璜（下）》，北京：人民文学出版社，2008 年，第 708 页。

94　参见 David Sigler. *Sexual Enjoyment in British Romanticism: Gender and Psychoanalysis, 1753-1835*, Montreal: McGill-Queen's University Press 2015. pp.222-223.

95　参见 CCV, Canto II of *Don Juan*。Lord Byron. *Don Juan*, Boston: Phillips, Sampson, and Company, 1858. p.110.

日从拉文纳写给默里的信中对某位女性作家发表评论说："我不是要鄙视 ******；但是如果她编织蓝袜子，而不是穿蓝袜子，那就更好了。"[96]穆尔在《拜伦勋爵的书信和日志：以生平为导线》中用星号省略了拜伦所"鄙视"的对象，但是既然她提到"蓝袜子"，那必定是位"穿蓝袜子的女士"。谢丽尔·朱利亚诺（Cheryl Fallon Giuliano）认为拜伦信中嘲讽的是英国女诗人菲利希亚·希曼斯（Felicia Hemans, 1793-1835）。[97]"穿蓝袜子的女士"是拜伦用来称呼当时英国贵族女作家的名词，他甚至还把希曼斯叫做"Mrs. Hewoman"，一语双关，把女性作家男性化，有意混淆他们的性别身份，这是拜伦"蔑视知识女性，尤其是女性作家"[98]的表现，在朱利亚诺看来，拜伦通过将女性作家男性化来嘲讽女性，同样也有将自己女性化的危险，这反映了"这位年轻诗人对性别模糊的焦虑，它从根基上动摇了诗性身份——一种建立在男性特权基础上的身份。为了减小这样一种威胁，拜伦用如此夸张的方法来将女性作家男性化，以诱使读者不再严肃地看待她们"[99]。中国学者顾瑶同样也注意到了拜伦与"蓝袜子女士"的问题，她同样也把"蓝袜子女士"的组成主要认定为十八世纪的"富裕有闲阶层的知识女性"，"职业作家的增加使'女性化'写作迅速成为突出的文化现象，引发了男性权威的不满"[100]。由此看来，拜伦作为浪漫主义时期炙手可热的重要作家，不自觉地受到了"女子无才便是德"的男性传统偏见的影响，在面对女性作家的崛起时，有感于"他者"的入侵而试图通过贬低这一群体来维护自身的权威。

朱利亚诺和几位中国女性学者对拜伦的女性观持批判态度的立场是一致的，但是她们之间又有差别，王美萍和彭江浩对拜伦的批判均是基于拜伦的部分作品和生平经历来论述拜伦对女性的偏见，有一定说服力，但是她们的文章

---

96 Thomas Moore. *Letters and Journals of Lord Byron: With Notice of His Life*. Paris: J. Smith, 1831. p.345.

97 参见 Cheryl Fallon Giuliano. "Gulnare/ Kaled's 'Untold' Feminization of Byron's Oriental Tales", *Studies in English Literature*, 1500-1900, Vol. 33, No. 4, Nineteenth Century (1993): 785-807. p.785.

98 Cheryl Fallon Giuliano. "Gulnare/ Kaled's 'Untold' Feminization of Byron's Oriental Tales", *Studies in English Literature*, 1500-1900, Vol. 33, No. 4, Nineteenth Century (1993): 785-807. p.785.

99 Cheryl Fallon Giuliano. "Gulnare/ Kaled's 'Untold' Feminization of Byron's Oriental Tales", *Studies in English Literature*, 1500-1900, Vol. 33, No. 4, Nineteenth Century (1993): 785-807. p.786.

100 顾瑶：《拜伦之〈唐璜〉和"蓝袜子女士"——兼论英国"浪漫主义"经典解读中缺失的一环》，载《南京师范大学文学院学报》，2012年第4期，第128、129页。

充满嘲讽和问责的语气，声讨的言辞激烈，带有作者比较明显的主观情感色彩；顾瑶尽管指出了拜伦对"蓝袜子女士"的不满，但她更大的目的是为了客观地引出浪漫主义经典解读中被忽视的一环，即两性之间的话语权争夺和工具理性对人性的异化，尤其是后者。顾瑶更加客观地分析这一现象，并从拜伦生平中找了对应"蓝袜子女士"的原型人物——米尔班克、兰姆等，这类人物的"温柔力量"和"现代工业文明的魔力纠缠在一起"，让拜伦"感到焦虑，感到痛苦"，因而促使拜伦"在杂议里颜说了对'摄政王时期'英国'女性化'公共空间的不满，叙事中的虚构体现了重新树立贵族精神和男性主体的努力"。[101]顾瑶对拜伦女性观的分析带入了对浪漫主义女性作家的解读话题，还把范围延展到了两性和工业文明的大环境，视角相对新颖，且为拜伦的"偏见"找到了"情有可原"的依据。

而朱利亚诺的研究则更明显属于性别研究的范畴，她用"长着阴茎的女性"（the phallic woman）来代指被拜伦男性化的女性，这类女性既包括给男性作家带来压力感的女性作家，也包括拜伦在作品中带有男性气质的女性角色——《海盗》中的加尔奈尔和《莱拉》中的凯尔德（Kaled），"加尔奈尔看起来是个女人但举止像个男人，凯尔德举止像个女人但穿得像个男人"。朱利亚诺认为拜伦塑造的这两个女性形象在风格和外表上形成互补，恰好反衬了他对女性形式的接受，或者说是他的"雌雄同体"（androgyny）倾向。并且在拜伦的实际生活中，卡罗琳·兰姆恰好是加尔奈尔和凯尔德的综合体，兰姆是个贵妇人，同时又擅长模仿拜伦写作，而且原来还爱好女扮男装。[102]说到此，须提到刘易斯·克朗普顿（Louis Crompton）的重要论著《拜伦与希腊之爱：英国十九世纪的同性恋》（*Byron and Greek Love: Homophobia in Nineteenth-Century England*, London: Faber & Faber, 1985），在这本书中，克朗普顿把拜伦看成是一个男同性恋，并从事实考证和作品分析两个方面来论证他的观点，他指出拜伦在剑桥大学的几位男性朋友中就有他的同性恋对象，他的"赛沙组诗"很可能就是因他的同性恋人约翰·埃德尔斯顿（John Edleston）而作，而且他在其他作品中同样也有许多迹象表明拜伦的同性恋

---

[101] 顾瑶：《拜伦之〈唐璜〉和"蓝袜子女士"——兼论英国"浪漫主义"经典解读中缺失的一环》，载《南京师范大学文学院学报》，2012 年第 4 期，第 132 页。

[102] 参见 Cheryl Fallon Giuliano. "Gulnare/ Kaled's 'Untold' Feminization of Byron's Oriental Tales", *Studies in English Literature*, 1500-1900, Vol. 33, No. 4, Nineteenth Century (1993): 785-807. pp.785-787.

倾向。朱利亚诺联想到克朗普顿的观点，她指出拜伦对喜爱女扮男装的兰姆很有吸引力，他之所以接受兰姆是因为"他可以在英国摄政时期释放他的同性恋能量，从而避免了在不利环境中直接进行同性恋的危险"，"还有可能就是她让拜伦看到了自己的影子：兰姆也很有激情、鲁莽、任性、不惧他人眼光"[103]。

克朗普顿和朱利亚诺这种性别研究的方法在其他西方学者那里也有发挥。其中苏珊·沃尔夫森（Susan J. Wolfson）和卡罗琳·富兰克林是影响较大的两位。沃尔夫森的文章《"她们的境况"：〈唐璜〉中的变装与性别政治》（"Their She Condition": Cross-Dressing and the Politics of Gender in *Don Juan*）试图修正一些女性主义观照下的英国浪漫主义的范畴归类，并举《唐璜》中的变装（唐璜男扮女装）情节例子说明性别界线也时而清晰时而模糊，两性差异很复杂、不稳定，进而说明拜伦的性别政治也不是始终如一的。沃尔夫森认为拜伦在他的叙述中"表现得更偏爱那些符合传统规范的女性"，他同情女性的境况，但不喜欢女性挑战男性的话语权威，因为女性的强大会"侵蚀男性的特权"，甚至会带来"死的威胁"。[104]比如唐璜两次作为赤裸的形态分别呈现在朱丽亚和海蒂的面前：赤裸的唐璜需要朱丽亚在被窝中的庇护以躲避阿尔方索的搜查，最后他还是在与阿尔方索的扭打后赤裸着逃回家；后来在海岛上唐璜同样是赤裸着被海蒂救起，并被后者照料后恢复生气。在这两次遭遇中，唐璜都是作为一个"男孩"（boy）接受女性的保护或照料，女性似乎也"更喜欢作为男孩的唐璜，而不是作为大人的唐璜"，通过"美女救英雄"的情节，即女性庇护面临死亡威胁的男性的情节，拜伦颠覆了"英雄救美"的惯例，赋予了女性以男性气质。但是后来在土耳其后宫，唐璜又男扮女装，这种在两种性别之间游移的状态可能源于拜伦阴晴不定的性格。"尽管拜伦终究还是没有摆脱传统文化对性别定位的影响，但是《唐璜》却探索了游移在两种性别之间的生存体验问题。"[105]还有富兰克林的专著《拜伦的女主角》（*Byron's Heroine*）同样值得关注。按照作者自己的陈述，她

---

103 Cheryl Fallon Giuliano. "Gulnare/ Kaled's 'Untold' Feminization of Byron's Oriental Tales", *Studies in English Literature*, 1500-1900, Vol. 33, No. 4, Nineteenth Century (1993): 785-807. pp.788-789.

104 参见 Susan J. Wolfson. "'Their She Condition': Cross-Dressing and the Politics of Gender in *Don Juan*", *ELH*, Vol. 54, No. 3 (1987): 585-617. pp.587, 600.

105 Susan J. Wolfson. "'Their She Condition': Cross-Dressing and the Politics of Gender in *Don Juan*", *ELH*, Vol. 54, No. 3 (1987): 585-617. p.611.

"研究拜伦的女主角不是要谴责拜伦的性别歧视，而是要将拜伦对女性的刻画实验与当代的性别差异意识形态相关联；因为关于妇女本质的辩证讨论涉及到阶级和性别问题，所以对十九世纪早期该问题的研究具有一定的政治意义"[106]。富兰克林分八章从拜伦早期的诗歌到《海盗》、《唐璜》、其他长诗，再到诗剧，分别讨论了几乎涵盖拜伦所有主要作品中的女主角，以此总结出拜伦对女性形象的整个刻画过程。从富兰克林的分析可以看出，拜伦早期诗歌中把女性看作是男性的附庸，但是在《海盗》中刻画了一个积极的女性形象加尔奈尔，而在《唐璜》中又讽刺女性的堕落和从男性手中夺权的做法，在长诗中承认性别差异源自于社会文化的定势，诗剧中还创造了有不少聪明、理性，富于美德的女主角。

因此，当把拜伦对女性形象的塑造放到浪漫主义时代的社会文化背景中去审视的时候，我们发现拜伦作为一个男性作家不可避免地会受到当时语境的影响而对女性表现出偏见。中国学者同西方学者一样均看到拜伦对女性的不公平态度，因此大加谴责，但是限于研究条件的限制，中国学者的研究材料局限在少数拜伦作品中，除开少数谬误，视角单一是造成观点单一、武断的主要原因。西方学者用性别研究的方法对拜伦作品条分缕析，观点相对独到且深刻，成果也明显要丰硕很多。

四、宗教哲学观

拜伦式英雄是反叛的英雄，在所有反叛的对象中，西方宗教是最主要的一个。尽管国内围绕这个话题的讨论不如"拜伦式英雄"和"东方书写"那么多，却也出现了数篇观点鲜明的论文；西方学者对拜伦的宗教怀疑主义一直均有讨论，有很多是在论述中捎带提及，也有专门的论述。总的来说，国内学者更倾向于判定拜伦对宗教的虔诚度，西方学者的研究重心更多放在拜伦是如何将创作与宗教话题交织在一起的；此外，中西学者关于拜伦的死亡观认识，及对相关问题论述时所侧重的材料也有一定差异。

国内学者王化学早在 1989 年即已发表一篇颇有见地的论文《〈曼弗雷德〉与"世界悲哀"》。王化学将曼弗雷德的痛苦和不幸与西方的悲剧意识联系起来，发现拜伦笔下曼弗雷德的痛苦不仅仅是他的特殊个例，而是一种具有普遍性和广泛性的"宇宙原则"，也即"'世界悲哀'——它具有本体论的性质，

---

106 Caroline Franklin. *Byron's Heroines*, Oxford: Oxford University Press, 1992. p.1.

或者说，宇宙的性质"[107]。情欲促使曼弗雷德犯罪，犯罪又让他走上了一条邪恶的道路，然而真正给他带来痛苦的是犯罪的结果，失去爱让他在世上只能痛苦地活着。王化学还指出拜伦跌入曼弗雷德式痛苦深渊的一个深层原因是："他意识深处也还有着顽强固守伦理观念的地盘（这是文明打上的永久戳记），尤其以严酷著称的加尔文派教义潜移默化，左右着他的道德判断。他据此裁定他的生活是邪恶的，他的灵魂是堕落的。"[108]换句话说，曼弗雷德的"悲哀"是拜伦体验到的痛苦，而他对加尔文教的笃信使他更加无法脱离这片苦海。王化学的观点得到了国内学者龙瑞翠的赞同，在她的博士论文《英国第二代浪漫主义诗人"交融式"宗教范式研究》中，龙瑞翠的核心观点是：拜伦式英雄既厌世、享乐、悲观，又热爱自由的复杂、矛盾特征只是"表象"，"背后隐藏着的是多种宗教因素如罗马天主教、加尔文新教、东方神秘主义宿命／前定论、希腊罗马多神教中英雄主义与自由主义等对拜伦的影响"[109]。在龙瑞翠看来，拜伦式英雄的诸多特征都可以从宗教影响上找到缘由，比如他的乱伦、双性恋、同性恋根源于南方宗教范式倡导的对自由平等的追求，他常常因为现实生活中的享乐和不道德行径而感到孤独、痛苦是因为惧怕宗教审判而产生罪恶感和焦虑感，将兴趣点转向东方无非是为了缓解这种情绪。最终的结果是享乐不但没能麻痹感知，反倒加深罪恶，在深重的罪恶下，支援希腊独立战争的英雄主义也就变得虚无。依此，根据龙瑞翠的观点，拜伦掉入了加尔文教宿命论的泥沼，愈是挣扎，陷得愈深，宗教审判带来的煎熬始终与他如影随形。而这，终归是因为拜伦挥之不去的宗教思想，他对宗教的反叛只是外在的，内在他对宗教是传统且虔诚的。

西方学者同样也重视拜伦的宗教观解读，不过与国内学者热衷于判定拜伦是站在什么样的宗教立场不同的是，西方学者无意于缕清拜伦是站在基督教的正面还是反面，因为拜伦对宗教的态度始终是模糊不清的。"实际上，他所有对基督教的正面情感都在他的通信、回忆录和对话录中，而那些反基督教的情感则在作品中可以看到"，并且那些作品中说出来的话"谁又能确证那

---

107 王化学：《〈曼弗雷德〉与"世界悲哀"》，载《外国文学评论》，1989 年第 3 期，第 102 页。

108 王化学：《〈曼弗雷德〉与"世界悲哀"》，载《外国文学评论》，1989 年第 3 期，第 104 页。

109 龙瑞翠：《英国第二代浪漫主义诗人"交融式"宗教范式研究》，东北师范大学博士论文，2009 年，第 76 页。

就是拜伦自己最真实的声音呢"？[110]和王化学的观点比较接近的是，西方也有学者指出拜伦的怀疑主义也有本体论性质，只是拜伦在尝试怀疑上帝在塑造世界过程中的中心位置，他用怀疑的眼光看待周遭的一切，就好像这个世界不存在绝对的神圣一样。伦纳德·戈登伯格（Leonard S. Goldberg）也认为拜伦深受加尔文教宿命论的影响，而且他也确实表现出对此的"焦虑"，只不过伦纳德论述的视角是从拜伦对待他的"遗产"的方式：拜伦变卖纽斯台德古堡不仅仅是为了解决财政危机，而是像该隐一样，企图摆脱宿命论的影响，抛弃那份房产就类似于割断亚当夏娃遗传给该隐的罪恶一样；而且拜伦怀疑上帝实际上就是在和上帝进行"协调"，既然生来没能享受到伊甸园的安逸，是否能获得其他的"补偿"？[111]

然而，西方学者也并不纠缠于拜伦对宗教有多么虔诚，而是更多聚焦他对宗教的怀疑主义是如何运思的，以及他所追求的知识和理性是什么。在他们看来，拜伦的怀疑主义多半起因于宗教无法解答他的疑惑，就像他对上帝的合法性的质疑一样，他嘲讽的是宗教带有欺骗性质的教义和宣扬形式。他不愿意接受上帝的"安排"，而试图按照自己的意识去领会自身和这个世界的存在。例如伦纳德·迈克尔斯和斯蒂芬·鲍尔对《该隐》中获得"死亡知识"的解析。[112]两位作者都意识到，该隐不像曼弗雷德、莱拉等拜伦式英雄那样在作品开场就已经预设有罪恶，"无辜"的该隐对上帝的安排充满了怀疑，既然如此，那么他需要一个上帝之外的参照物——卢西弗，卢西弗带领该隐知晓了过往的很多知识，不过还渴求死亡的知识。于是该隐为了明白什么是死亡而去亲见死亡，也就是为了染上罪恶而去谋杀，为了成为该隐而犯罪。只不过鲍尔认为该隐通过谋杀亚伯而使自己的知识好奇心得到了满足，迈克尔斯并不认为该隐获得了相关知识。艾米丽·杰克逊（Emily A. Bernhard Jackson）在文章《〈曼弗雷德〉的精神戏剧与知识建构》一文中更认同迈克尔斯的看法，他认为在《曼弗雷德》中，拜伦"将知识构建为一系列的选择和一系列的排除模式，在这个模式下，拜伦认为通常情况下被认定是知识的

---

110 C. N. Stavrou. "Religion in Byron's Don Juan", *Studies in English Literature*, 1500-1900, Vol. 3, No. 4, Nineteenth Century (1963): 567-594. p.572.

111 参见 Leonard S. Goldberg. "'This Gloom……Which Can Avail Thee Nothing': Cain and Skepticism", *Criticism*, Vol. 41, No. 2 (1999): 207-232.

112 迈克尔斯和鲍尔对《该隐》的解析还可参见本书第二章第三节"二、诗剧：《该隐》"的简述。

东西往往从根子上就是不牢靠的，而真实的知识又在本质上就是不可获取的"[113]，这就意味着通过谋杀来获得死亡的知识并不能让该隐领会到真正的知识。

其实，按照迈克尔斯和鲍尔的观点，拜伦之所以急切地要主动了解什么是死亡，那是因为拜伦不甘于被动地接受加尔文教所谓的命定说，这是拜伦死亡观积极的一面。国内学者梁桂平曾就拜伦的死亡观发表过《拜伦诗歌的死亡主题》《传统的悖离与超越：拜伦死亡观探究》和《拜伦的生命意识解读》三篇文章进行专论。三篇文章的主线均围绕拜伦积极的死亡观展开论述，指出拜伦否定上帝安排的"此岸彼岸"之说，他"蔑视死神"，"积极入世"，从活的角度来考虑死亡，作者还认为拜伦积极抗死的英雄主义典型表现在拜伦为了实现自由理想而参与希腊独立战争上。[114]

还有需要指出的是，中西学者在对拜伦宗教哲学观的过程中均会参照拜伦的实际生活，只是国内学者更多从拜伦从小的接受环境找原因，即认为他是受到母亲和保姆的加尔文教思想的影响；西方学者不局限于此，他们考究拜伦小时候接触到的读物，用事实考证的方法让这种思想渊源更具可信度[115]。国内更多地是从《唐璜》和《游记》中引用拜伦作品作为参照，而西方学者除了这两部在作品外，较为集中地从《该隐》和《曼弗雷德》中找论据，并且对这些作品的区分更为细致。

第三节　跨文明视域下的拜伦研究反思与展望

跨文明研究是当今比较文学研究的一个重要走向，甚至可以说是现阶段"比较文学学科理论的转折与新进展"[116]。文明的异质性注定使不同文学在交往和对话过程中会产生文化过滤和文学误读，从一个跨文明的视域来审视国内与英语世界的拜伦研究有利于更加明晰地呈现拜伦及其作品从一种文明

---

113 Emily A. Bernhard Jackson. "*Manfred*'s Mental Theater and the Construction of Knowledge", *Studies in English Literature*, 1500-1900, Vol. 47, No. 4, The Nineteenth Century (2007): 799-824. p.800.

114 参见梁桂平：《拜伦诗歌的死亡主题》，载《世界文学评论》，2006 年第 1 期；《传统的悖离与超越：拜伦死亡观探究》，载《华南师范大学学报（社会科学版）》，2007年第 4 期；《拜伦的生命意识解读》，载《毕节学院学报》，2010 年第 2 期。

115 关于此，可参见本书第三章第三节之"二、思想的可能性渊源"。

116 曹顺庆：《跨文明比较文学研究》，载《中国比较文学》，2003 年第 1 期，第 70 页。

到另一种文明的流传和接受中的变异。这种跨文明比较本身即为一场对话，在对话中可以发现问题，并求得异质互补。

一、拜伦与浪漫主义：从西方到中国

拜伦是英国浪漫主义的主要代表之一，拜伦传播到中国从一开始就与浪漫主义这一文艺思潮有脱不开的关联，鲁迅在《摩罗诗力说》中更是直接将拜伦奉为"摩罗诗派"的领军人物。其后，虽然国内文学界没有再像鲁迅主张的"拜伦即浪漫主义"那样武断，但谈及浪漫主义，必绕不开拜伦这一主要形象。英语世界的拜伦学术史研究同样也绕不开"拜伦与浪漫主义"这一话题，而一个作家与一个文学流派或者说是一种文艺思潮之间的关系就好比是两个集合之间的关系，毫无疑问的是浪漫主义这个集合是一个相对更大的集合，但是鉴于浪漫主义本身就是一个相对的概念，他的范围随着历史文化语境的变动而发生变更，因而拜伦这个集合并不一定就总是包含于浪漫主义这一集合中。若要理清这两个集合之间关系位置的变化，以及拜伦在国内研究的势态，我们有必要先回溯到西方的"拜伦与浪漫主义"审察之中。

梅耶·艾布拉姆斯（M. H. Abrams）和杰弗里·哈珀姆（Geoffrey Galt Harpham）在他们编纂的《文学术语汇编》（A Glossary of Literary Terms（Tenth Edition））中，将英国文学史上的浪漫主义时期界定为："始于 1785 年（见'感性时代'）——或 1789 年（法国大革命爆发），或 1798 年（华兹华斯和柯勒律治的《抒情歌谣集》出版），终于 1830 年或 1832 年（瓦尔特·司各特去世，以及改革法案标志着维多利亚时代的到来）。"[117]从时间上看，拜伦的创作完全归属于这一范围内，而在拜伦所处的时代，当时的作家并没有以浪漫派作为标榜的说法。"浪漫主义诗歌"（romantic poetry）这一说法在文学史上第一次出现于 1669 年的法国和 1674 年的英国，阿里奥斯托、塔索的作品和中世纪的传奇被视为此类。[118]倘若照着这个传统，那么拜伦当属最无可争议的浪漫主义诗人，因为拜伦的诗歌创作受到阿里奥斯托和塔索等意大利诗人的影响，这层影响关系以及这种"浪漫"元素在他作品中的体现已有许多学者作过论证。[119]然而，

---

117 M. H. Abrams and Geoffrey Galt Harpham ed.. *A Glossary of Literary Terms* (Tenth Edition), Boston: Wadsworth Gengage Learning, 2012. p.283.
118 参见 René Wellek. "The Concept of 'Romanticism' in Literary History. I. The Term 'Romantic' and Its Derivatives". *Comparative Literature*, Vol. 1, No. 1 (1949): 1-23. p.3.
119 可参见本书第三章第三节"被影响的拜伦：暗仿与默化"。

即便如此，拜伦在英国浪漫主义作家群中的定位却随着浪漫主义的定义（或者说是标准）的变更而有所起伏。

早在维多利亚时代，英国最具影响力的批评家首推马修·阿诺德，他被哈罗德·布鲁姆盛赞为"维多利亚时代的'贤哲'"[120]。面对在十九世纪最受读者欢迎的英国诗人拜伦，阿诺德的态度非常矛盾，一方面他感慨拜伦在当时的受欢迎度，并承认他的诗才；另一方面，作为一位严肃的诗人兼批评家，阿诺德本人并不欣赏拜伦的生活作风，且在论及拜伦的时候，他常常拿他与华兹华斯作对比。很明显的是，阿诺德非常推崇华兹华斯的诗，因为华兹华斯"能够洞察那些给人类的喜悦和慰藉带来恒久源泉的东西"[121]，而相比之下，拜伦则"没有给我们带来什么"[122]，所以"撇开拜伦在某种程度上比华兹华斯名气更大，以及作品更受读者欢迎和喜爱的事实，我还是在整体上把华兹华斯的位置置于拜伦之上"[123]。可以确信的是，阿诺德对华兹华斯的态度要亲密许多，他与华兹华斯有着同样的宗教信仰和伦理观，也喜爱华兹华斯的诗所描绘的对象及呈现的方式；而拜伦对他来说，只是一个名不那么符实的重要诗人，他有诗才，创作了大量作品，但其中找不来一部算是比较完美的作品。客观地说，阿诺德本身对华兹华斯的推崇可以归因为意气相投，但是他把他的这种个人倾向带入到了对拜伦的评价中，实质上在无形中也还是受到了维多利亚时代伦理道德话语对文学评价的影响。

阿诺德对拜伦的评价是十九世纪英国批评界的主流声音之一，不过这并没有影响到拜伦在读者和文学界的位置。而这种状况到二十世纪四十年代的时候，则悄然发生了变化。1949 年，美国学者雷内·韦勒克在《比较文学》（*Comparative Literature*）期刊上发表了两篇集中讨论浪漫主义概念的文章：《文学史上的"浪漫主义"概念，一、"浪漫主义"术语及其延伸》（The Concept of "Romanticism" in Literary History I. The Term "Romantic" and Its Derivatives）、《文学史上的"浪漫主义"概念，二、欧洲的浪漫主义群体》（The Concept of "Romanticism" in

---

120 Harold Bloom ed.. *Bloom's Classic Critical Views: George Gordon, Lord Byron*, New York: Infobase Publishing, 2009. p.84.

121 Harold Bloom ed.. *Bloom's Classic Critical Views: George Gordon, Lord Byron*, New York: Infobase Publishing, 2009. p.84.

122 Harold Bloom ed.. *Bloom's Classic Critical Views: George Gordon, Lord Byron*, New York: Infobase Publishing, 2009. p.28.

123 Harold Bloom ed.. *Bloom's Classic Critical Views: George Gordon, Lord Byron*, New York: Infobase Publishing, 2009. pp.84-85.

Literary History II. The Unity of European Romanticism）。在第一篇文章中，韦勒克指出，浪漫主义不是一个随意的名称，浪漫派也不是任指某些超自然主义群体，浪漫主义实际上是"一个标准体系的名称，且这个标准体系成为了历史上特定时期的文学主导"[124]。既然是个标准体系，那么自然会有相应的特征要求。在第二篇文章中，韦勒克提出了自己的看法，他认为整个欧洲的浪漫主义群体都有一些共性，即对诗歌、自然，以及自然与人的关系都有近似的理解，因而形成了各民族间相似的诗风——"想象、象征和神秘的使用，这些特征与十八世纪的新古典主义有明显的区分"[125]。接着他据此提出了三条"尤为确证"的标准："诗歌观上的想象，世界观上的自然，以及诗歌风格上的象征和神秘"[126]。初看之下，韦勒克的这三条标准确有其合理性，并且这些特征在许多主要的浪漫主义作家中都可以得到映证，但拜伦却是个例外，因为拜伦的诗很难与这些特征相符合，即便能找到一些适应性的元素，那也还是比较微弱。麦甘认为韦勒克的观点实质上是在搞一刀切，"将我们称之为浪漫主义的原本崎岖不平的地表规整为平地，……他的观点之所以不能用来概括综合的浪漫主义特征，其原因是该观点只是一个从康德／柯勒律治的思想线路下衍生出来的特殊理论视角"[127]。

尽管韦勒克的标准偏向一隅，但这却得到了其他两位重磅批评家——艾布拉姆斯和他的学生布鲁姆的发挥。作为"耶鲁学派"的重要代表，艾布拉姆斯的扛鼎之作《镜与灯：浪漫主义文论及批评传统》（The Mirror and the Lamp: Romantic Theory and the Critical Tradition, 1953）在浪漫主义文学批评领域有举足轻重的作用，其中提出的观点不仅影响了其后三十年西方的浪漫主义文学批评，而且对现今中国的西方浪漫主义定义依然有明显的作用痕迹。在这部论著中，艾布拉姆斯自相矛盾的一点是：一方面他强调浪漫主义批评家因为对其他的思想来源保有热情，所以他们在"哲学假想、描述用语、论证主题和批评判断上和早期作家相比要有更大的多样性"[128]；但是另一方面他又树立了一

---

124 René Wellek. "The Concept of 'Romanticism' in Literary History. I. The Term 'Romantic' and Its Derivatives". *Comparative Literature*, Vol. 1, No. 1 (1949): 1-23. p.2.

125 René Wellek. "The Concept of 'Romanticism' in Literary History. II. The Unity of European Romanticism". *Comparative Literature*, Vol. 1, No. 2 (1949): 147-172. p.147.

126 René Wellek. "The Concept of 'Romanticism' in Literary History. II. The Unity of European Romanticism". *Comparative Literature*, Vol. 1, No. 2 (1949): 147-172. p.147.

127 Jerome McGann. *Byron and Romanticism*, James Soderholm ed., Cambridge: Cambridge University Press, 2002. p.237.

128 M. H. Abrams. *The Mirror and the Lamp: Romantic Theory and the Critical Tradition*, London, Oxford, New York: Oxford University Press, 1953. p.100.

个相对的标准——华兹华斯 1800 年《抒情歌谣集》序言中的论断。他认为这篇序言"提出了一套关于诗歌本质和标准的命题",并且这套命题已经"被华兹华斯的同代人所广泛采纳,包括那些最不欣赏华兹华斯作诗目的的人",他甚至下结论——这篇序言"在某种意义上可以说确实是浪漫主义的一个宣言"。[129]此外,在这本书的绪论部分,艾布拉姆斯同样把这篇序言视为"英国批评史上模仿说和实用说为表现说所取代的一个标志"[130]。

艾布拉姆斯对华兹华斯在《序言》中的论断进行了概括:诗是主观情感的自然流露,是情感心境的传载工具,其根本在于真挚;诗人是极易动情的群体,在吐露激情的时候,诗行自然就富于韵律和想象,并具有感召读者的作用。[131]从这点上看,拜伦及其诗是契合于这些描述的,因为拜伦也表达过类似的诗歌观——"诗歌表现的是被唤起的激情,只有持续的地震和不断喷涌的岩浆才像是生命中的激情",[132]"我心中时常会有产生一些冲动,……如果我不通过写作来清空我的大脑,我会疯掉的"[133]。只不过这种激情的抒发对于拜伦来说,好比一场分娩,痛苦大于快感:"我觉得写作是一种我必须克服的折磨,但我不认为那是快乐。正相反,我认为写作是一种巨大的痛苦。"[134]至于说诗歌的真诚,罗素称"拜伦的浪漫主义只有一半真诚"[135],部分原因是拜伦有时候会在"某种心情下"觉得有的诗人比他更优秀,而实际上却是口是心非;还有便是他的作品中表达的情感常常与现实生活中他的言行不一致,就像作品中他表现出对理想女性的追寻,而现实生活中却过于放荡,在作品中他是一个叛逆宗教的反面英雄,而在现实中与他人的通信则表现出对宗教的敬畏。然而这只是表面上的悖论,是同一种情感以相反的两种方式表现出来了。但是艾布

---

129 参见 M. H. Abrams. *The Mirror and the Lamp: Romantic Theory and the Critical Tradition*, London, Oxford, New York: Oxford University Press, 1953. pp.100-101.

130 M. H. Abrams. *The Mirror and the Lamp: Romantic Theory and the Critical Tradition*, London, Oxford, New York: Oxford University Press, 1953. p.22.

131 参见 M. H. Abrams. *The Mirror and the Lamp: Romantic Theory and the Critical Tradition*, London, Oxford, New York: Oxford University Press, 1953. pp.156-159.

132 Thomas Moore. *Letters and Journals of Lord Byron: With Notice of His Life.* Paris: J. Smith, 1831. p.397.

133 Thomas Moore. *Letters and Journals of Lord Byron: With Notice of His Life.* Paris: J. Smith, 1831. p.376-377.

134 Thomas Moore. *Letters and Journals of Lord Byron: With Notice of His Life.* Paris: J. Smith, 1831. p.377.

135 [英]罗素著,马元德译:《西方哲学史·下卷》,北京:商务印书馆,1982 年,第303 页。

拉姆斯在这本书后面继续讨论华兹华斯的时候进一步指出，华兹华斯给诗歌立下了一个最重要的标准——"自然"，它包含三重含义，即"自然是人性的最小公分母，它实实在在地表现在'自然地生活'（也就是说，生活于单纯的文化环境，尤其是乡村环境），它最原初地由简单质朴的思想、感受，以及用'不做作'的方式自然而然地表达构成"[136]。可以看出，华兹华斯主张诗歌题材的田园风格、主观情感的真诚、作用上能"矫正"读者心灵和情感、以及运用朴实的词汇来作为诗歌的规则。更为关键的是，艾布拉姆斯把华兹华斯推举为"第一个伟大的浪漫主义诗人，他极具影响力的写作征服了批评家，并使人的主观情感成为批评指向的中心，他是英国文学理论史上的一个转折点"[137]。虽然艾布拉姆斯并没有否定拜伦的浪漫主义诗人身份，并且也提及过拜伦认为"诗歌即是热情"的贡献，但是他对华兹华斯和他的《序言》主张的反复强调表明，他倾向于支持立华兹华斯的诗歌观为浪漫主义正统。在后来他的《自然的超自然主义：浪漫主义文学的传统与革新》一书中，他已经完全地把拜伦排除在了经典浪漫主义文学传统之外，给出的解释便是拜伦与其他主要的浪漫主义诗人格格不入。[138]

　　布鲁姆作为一位在批评界的权威人物，在确立和宣扬浪漫主义正统的过程中，与艾布拉姆斯站在了同样的立场。在 1961 年出版的《想象的群体：英国浪漫主义诗歌解读》（*The Visionary Company: A Reading of English Romantic Poetry*）一书中，他先后着重讨论了布莱克、华兹华斯、柯勒律治、拜伦、雪莱、济慈六位主要的诗人，正如他的标题所昭示的那样，他把想象（imagination）定为浪漫主义最根本的特征，诗歌的理论的就是生活的理论，浪漫主义诗歌的想象世界是高于第一自然的超自然世界。在布鲁姆看来，这六位诗人"在想象这一共同主题的观照下如此千差万别，反映了他们的激情的质量和广博度不一样，还有他们说出来的东西和对生活的反应有差别"[139]；而"拜伦从未脱离过这个世界，从未放弃过任何一个世界既有的观念，所以他的浪漫主义想象是最社会化

---

136 M. H. Abrams. *The Mirror and the Lamp: Romantic Theory and the Critical Tradition*, London, Oxford, New York: Oxford University Press, 1953. p.105.

137 M. H. Abrams. *The Mirror and the Lamp: Romantic Theory and the Critical Tradition*, London, Oxford, New York: Oxford University Press, 1953. p.103.

138 艾布拉姆斯的解释可参见本书第三章第二节："正典抑或例外：关于拜伦文学史上地位的讨论"。

139 Harold Bloom. *The Visionary Company: A Reading of English Romantic Poetry*, New York: Doubleday & Company, 1961. p.xv.

的，他的浪漫主义特征也是最弱的"[140]。他先后分析了《游记》、《曼弗雷德》、《普罗米修斯》、《唐璜》、《审判的幻景》、《致坡的诗章》、及最后一首诗《今天我度过了我的三十六生日》，综合这些作品，布鲁姆认为拜伦的浪漫主义写作总是习惯从过往人尽熟知的旧事物、旧意象中找寻抒情的对象，在书写的过程中，他始终没能摆脱现世经历给他带来的影响，没能超脱诸如他的同性恋和乱伦之罪带给他的萦绕；他不相信自己的意识力量，因而他的想象力极为受限，就像他思想中的普罗米修斯一样，尽管像神一样，却没能给我们带来火种；他的浪漫主义依靠的是新奇来支撑，而新奇就从他诗中不断变换的场景、人物、遗址中获得，至死他的思想都是阴暗的，让人看不到一丝澄明的希望。与拜伦一样被视为"恶魔派"代表的雪莱却没有被布鲁姆排除在浪漫主义正统之外，其原因是雪莱在积极尝试入世失败之后，原来的黑暗意志被消磨殆尽了，他的意识和想象力反而获得了增强，所以他能被人们称之为"精灵"。

其后，在《西方正典: 伟大作家和不朽作品》(*The Western Canon: The Books and School of the Ages*, 1994) 中，他也拿华兹华斯和拜伦作对比，结论是华兹华斯的诗不像拜伦那样几乎全是以自我为中心，而是"把他自己高度个性化的气质普遍化"，"让自己的精神对人类和自然的他者敞开"；华兹华斯的诗表达的是从观察田园间一草一木而得来的奇特感受，而拜伦则爱写阔大之景和荒废的历史遗迹以表达一些"只能引起学童共鸣"的东西。[141]布鲁姆对华兹华斯的喜爱，以及对拜伦的无感在他的著述里显露无疑，他以看似非常客观和冷静的思路，时而偏向性地择引一些能够用以贬低拜伦的评论，时而以自己犀利的笔锋对拜伦极尽冷嘲热讽之功。例如他说拜伦善用作品中的色性来使读者痴迷于他，用一些突破社会伦理道德底线的成分来博取关注[142]；他讥笑歌德对拜伦的高度赞赏很古怪，称歌德会产生这种对拜伦的错觉是因为"歌德不太好的英语语言能力影响到了他的判断"[143]。诸如此类以略带调侃的方式来鄙夷拜伦的笔调在布鲁姆的论著中并不鲜见。

---

140 Harold Bloom. *The Visionary Company: A Reading of English Romantic Poetry*, New York: Doubleday & Company, 1961. p.xv.

141 参见 Harold Bloom. *The Western Canon: The Books and School of the Ages*, New York, San Diego, London: Harcourt Brace & Company, 1994. pp.249-250.

142 参见 Harold Bloom ed. *Bloom's Classic Critical Views: George Goegon*, Lord Byron. New York: Infobase Publishing, 2009. p.xi.

143 参见 Harold Bloom. *The Western Canon: The Books and School of the Ages*, New York, San Diego, London: Harcourt Brace & Company, 1994. p.220.

以艾布拉姆斯和布鲁姆为代表的学者在浪漫主义文学批评领域的确作出过突出贡献，然而他们片面地树立浪漫主义权威的做法却足足影响了批评界近半个世纪。当然，有抑制拜伦的论调，自然也会有相应作出反驳的声音，其中最知名的当属杰罗姆·麦甘。他意识到从上世纪四十年代开始直至八十年代，这将近半世纪的时间范围内，拜伦都被浪漫主义批评界有意忽略了，有感于此，自 1964 年始，他致力于"拜伦与浪漫主义"研究，并发表了一系列的论著和文章。麦甘运用了一些新批评的方法来解读拜伦的诗，还受到新历史主义的启迪[144]。他敏锐地指出，高一级的批评就是"当下的立场"，所有的材料都是历史相对的，"'浪漫主义'这个词能变得客观和准确，只因（或者说正如同）它在过去一直经由不同的人，在不同的环境下，带着不同的目的，用各种各样的方法被建构、修订和重构"[145]。麦甘以为，阿诺德、艾布拉姆斯和布鲁姆等学者对拜伦的批评都存在一定问题。

首先，就拜伦诗歌的"真诚"问题，麦甘认为拜伦的诗乃是伪装之下包裹了真诚。詹姆斯·桑德厄姆认为，华兹华斯曾经批评拜伦的诗浅薄、不真诚、堕落，后来的艾布拉姆斯对拜伦的类似看法应是受到了华兹华斯的影响。[146]拜伦的不真诚只是文字表面的，这与他自己的诗歌观有关，他在《唐璜》中坦承地说："诗人是骗子，如染工之手去着各种颜色。"[147]但是这种不真诚并不是为了出于邪恶之心来引诱读者，实际上"拜伦比大多数人都清楚他的作品是一派幻象和谎言，尤其是语言方面的幻象和谎言。文化先知据此立即就信心十足地宣称拜伦的诗是恶劣的诗，是糟糕的描绘。但是这些读者只对了一部分，他们错误地理解了拜伦提出的问题。后来的波德莱尔把那些人叫做伪君子，在英国，马修·阿诺德就是其中的代表"[148]。语言方面的幻象和谎言只是阅读过程中容易产生的第一印象，但细思之余即可发现它们只是"伪装的形体"，是"修辞策略下的产物"[149]，而这不属于艾布拉姆斯确立的"更伟大"的浪漫

144 关于此，还可参见本书第五章第一节"二、批评理论话语"关于新历史主义的论述。

145 Jerome Mcgann. *Byron and Romanticism*, James Soderholm ed., Cambridge: Cambridge University Press, 2002. p.5.

146 参见 James Soderholm. "Byron's Ludic Lyrics". *Studies in English Literature*, 1500-1900, Vol. 34, No. 4, Nineteenth Century (1994), pp.739-751. p.739.

147 Lord Byron. *Don Juan*, Boston: Phillips, Sampson, and Company, 1858.p.129.

148 Jerome McGann. *The Point is to Change It: Poetry and Criticism in the Continuing Present*. Tuscaloosa: The University of Alabama Press, 2007. p.96.

149 Jerome McGann. *Byron and Romanticism*, James Soderholm ed., Cambridge: Cambridge University Press, 2002. p.7.

主义标准中"自发的真诚"。不过从另一个角度想，如果你善于伪装，你就做到了真诚，诚如奥斯卡·王尔德所言："给一个人带上一副面具，他就会告诉你真相"[150]。换句话说，拜伦的真诚是一种迂回的真诚。

其次是拜伦的想象。艾布拉姆斯认为拜伦"诗歌即是激昂的热情"的说法反映的诗学观是："人的欲望和理想与现实世界的不调合促生了作诗的冲动。"[151]布鲁姆认为拜伦更像是一个现实主义者，他的想象从未超脱过现世，没有给浪漫主义想象带来实质性的东西。在两位学者看来，拜伦对自然缺乏感知的意识，他不能像华兹华斯和柯勒律治这类诗人那样能从对自然的审视中获得情感的想象力，他爱写参天的松柏和高耸入云的山峰，但那更像是一种不自然的"做作"。麦甘从文化蕴含的本质含义出发，指出文化常常表现为新历史主义视域下的文化历史语境，更本质地说那就是"意识形态"，它因此可能会是一种"错误的意识"，艾布拉姆斯和布鲁姆把符合他们所谓的意识的想象列为经典，是缺乏效度的。[152]那么，拜伦的作品是否具有浪漫主义想象特征呢？答案是肯定有的。这可以引用华兹华斯对拜伦《游记》第三章的一些评价来说明问题，在一封写给友人亨利·泰勒（Henry Taylor）的信中，华兹华斯这样写道：

> 除了罗杰斯先生送给我的一本《莱拉》之外，我手头没有收留过拜伦勋爵的任何一部作品，所以也没法引述他是否从我这里获得过创作的启迪。但是据我所知，在他的作品中，《恰尔德·哈洛尔德游记》第三章是最明显的。因为其中的对自然的笔调（是假想地，而不是自然而然地）充满了热情的赞赏，情感也受到了大自然的影响。[153]

尽管那不是华兹华斯所说的受到自然感发而自然而然地流露情感，但拜伦的想象是自己"假想"出来的，是一种对自然外物能动的移情。这种假想的思绪并不容易为读者捉摸，它依靠的是拜伦个人的冥想（meditation），从而带

---

150 Jerome McGann. *Byron and Romanticism*, James Soderholm ed., Cambridge: Cambridge University Press, 2002. p.7.

151 M. H. Abrams. *The Mirror and the Lamp: Romantic Theory and the Critical Tradition*, London, Oxford, New York: Oxford University Press, 1953. p.139.

152 参见 Jerome McGann. *Byron and Romanticism*, James Soderholm ed., Cambridge: Cambridge University Press, 2002. p.8.

153 Alan G. Hill ed.. *Letters of William Wordsworth: A New Selection*, Oxford: Clarendon Press, 1984. p.219.

来了他和读者的距离。如同他取景总是写那些参天的松柏、高耸入云的山峰，或坍圮的遗迹，总不如"湖畔派"的山水田园那般亲切具体。

平心而论，拜伦和华兹华斯两种风格之间是无所谓好坏的，只是意识形态造成了批评的偏差，在上世纪中后期华兹华斯的时代，华兹华斯成了虔诚的代表，而拜伦则成了魔鬼的盟友，一个在和谐地营造，一个在恶意地破坏。而批评史上的惯例总是把崇高的位置给予前者，人类文明大抵如此，西方是这样，中国也不例外。朗基努斯的"崇高"和刘勰的"风骨"均有对美好道德的诉求，信仰成了作品的支撑，是涤荡读者心灵的必要配方。[154]由此我们也就能够理解为何麦甘抱怨说诗歌史上"最重要的形象总是'反叛性'最弱的那些人"，拜伦作为一个反面英雄注定要被忽视，从阿诺德到布鲁姆充分证明了这点。[155]不过从上世纪八十年代后，随着解构主义的日益兴盛，艾布拉姆斯和布鲁姆等建构起来的"更伟大的浪漫主义传统"受到了挑战，诸如杰弗里·哈特曼（Geoffrey Hartman）和保罗·德曼（Paul de man）均参与了相关讨论。[156]而拜伦"黑暗天使"的诗风不但避开了解构主义的挑战，还从文化研究的浪潮中得到了更多的关注和新的阐释。

再转向国内，文化过滤导致的误读贯穿了拜伦在中国的百年接受史始终。在此，不得不提的一位西方拜伦学者——彼得·科克伦，他曾在1998年《纽斯台德古堡拜伦协会简报》（Newstead Abbey Byron Society Newsletter）上发表《拜伦在中国和日本》（Byron in China and Japan）一文，该文已由国内学者倪正芳翻译成中文，作为附录放在了他的专著《拜伦与中国》一书中。科克伦在文章开头的一段话颇能说明一些问题：

> 虽说拜伦受到了中国 20 世纪最重要的作家之一——鲁迅的尊敬，但没有什么证据可以表明中日两国的文学曾受到拜伦的重大影响。倒是在文学之外，拜伦却发挥着一个给人印象深刻的偶像的作用。尽管这里面由于翻译、误读、理想化、神秘主义及自我安慰等

---

154 关于"风骨"与"崇高"背后的道德因素，可参见曹顺庆、马智捷：《再论"风骨"与"崇高"》，载《江海学刊》，2017 年第 1 期。

155 参见 Jerome McGann. *Byron and Romanticism*, James Soderholm ed., Cambridge: Cambridge University Press, 2002. pp.192-193.

156 杰弗里·哈特曼的《被夸大的华兹华斯》（*The Unremarkable Wordsworth*）将质疑的矛头指向了华兹华斯和他的《序言》；保罗·德曼的《阅读的隐喻》对卢梭和尼采的解读让人看到了更多他们与拜伦的切近。

许多因素妨碍了人们对他形成一个明晰的看法。[157]

梁启超第一次翻译《哀希腊》后，引起了文坛多位文人的竞相重译，这反映了中国文人忧国忧民，渴望出现转机的迫切心态。拜伦能成为偶像，那是因为他表现出的"反叛"精神，他是一个"革命的拜伦"。拜伦的精神长期影响了国内对拜伦及其作品的判断。在清末，便有了鲁迅《摩罗诗力说》（1907 年）中片面地以为摩罗诗派即为浪漫派主流的观点，他从异邦的新声中择取了反叛这一立意。这从一开始就奠定了一个基调，即浪漫主义与反叛相关联，拜伦是领衔诗人。鲁迅的《摩罗诗力说》被称之为"我国第一部倡导浪漫主义的纲领性的文献"[158]，其对中国学界的拜伦与浪漫主义讨论的影响可想而知。其后梁实秋在《拜伦与浪漫主义》（1926 年）一文中说"浪漫主义的精髓，便是'解放'两个字。浪漫主义这全是丛聚在这个新鲜的大纛下面，他们全都崇奉着这解放的精神"[159]，他把"隐士"、"豪侠"、"社会改造家"和"艺术家"通通装进了"解放"的篮子里。但是梁实秋的一大贡献是他提出了许多贴近浪漫主义真实特征的观点，例如浪漫主义重自我表现、诗的自由体裁和题材，尤其是自我表现说，他认为诗人"可以是个常态的人，也可以是个变态的人"[160]，浪漫主义的标准相对就更具有包容性。他特别地讨论了拜伦的浪漫主义，在他看来，拜伦是浪漫主义诗人的杰出代表，拜伦的极端的反抗精神"跃跃然如在纸上"；拜伦也"雅好自然"，和华兹华斯不同，他是"积极"地反抗社会；与雪莱的"积极的规则"不同，拜伦"代表的是破坏的精神"；"拜伦是个非常的天才，只有有天才的人们才能够赏识"。[161]梁实秋的浪漫主义定义和对拜伦的见解在今天很多论述中都有体现，例如梁实秋将英国浪漫主义区分为十八世纪末的浪漫主义和十九世纪初的浪漫主义，在今天这两个时期的诗人则被冠名为第一代和第二代浪漫主义诗人；还有他关于反抗的积极属性和消极属性的说法，在今天有的学者则把它们归类为"积极浪漫主义诗人"和"消极浪漫主义诗人"，[162]也有的更具体地论述为"两种可能的形态"——

157 倪正芳：《拜伦与中国》，西宁：青海人民出版社，2008 年，第 237 页。

158 赵瑞蕻：《鲁迅〈摩罗诗力说〉：注释·今译·解说》，天津：天津人民出版社，1982 年，第 3 页。

159 徐静波编：《梁实秋批评文集》，珠海：珠海出版社，1998 年，第 14 页。

160 徐静波编：《梁实秋批评文集》，珠海：珠海出版社，1998 年，第 14 页。

161 参见徐静波编：《梁实秋批评文集》，珠海：珠海出版社，1998 年，第 12-31 页。

162 参见李欧梵著，王宏志等译：《中国现代作家的浪漫一代》，北京：新星出版社，2005 年，第 282-283 页。

以拜伦和雪莱为代表的"热情外露……充满反抗破坏的精神"，以及以华兹华斯为代表的"情感内敛……和谐的优美型的浪漫主义"。[163]拜伦凭借他的反叛精神在中国博得了广泛关注，解放前这种精神对于救亡图存的感召力不容忽视，解放后在阶级斗争领域也还有一定的作用，除了他精英主义和愤世嫉俗思想中的"个人主义"被看作政治思想概念而产生误读之外，总体上因为国内学界对拜伦的"反叛"和"解放"意识的好感，拜伦在国内始终都位列浪漫主义经典作家之列。

但是这并不意味着中国没有受到西方浪漫主义批评话语的影响。艾布拉姆斯的《镜与灯：浪漫主义文论及批评传统》在1989年被翻译成中文，他把华兹华斯的《序言》奉为浪漫主义宣言或纲领性文件的观点对中国对西方浪漫主义标准的设定起了非常大的作用，现今国内主要通行的英国文学史或文论史著作几乎都把这篇序言看作是拉开浪漫主义序幕的文献。例如刘象愚主编的《外国文论简史》称："华兹华斯的文学理论不仅在英国浪漫主义文论中有着代表性意义……如果没有了华兹华斯的一系列'序'，其他浪漫主义批评家们的诗学思想就显得'营养不良'。"[164]聂珍钊主编的《外国文学史》称"这部诗集打破了统治英国诗坛长达100多年的古典主义创作原则……成为英国文学史上开创浪漫主义思潮的划时代的作品。"[165]王守仁、方杰主编的《英国文学简史》认为："《抒情歌谣集》的出版，开创了英国诗歌的一场革命……人们历来十分重视这篇《序言》，把它看做英国浪漫主义诗歌向古典主义宣战的宣言书。"[166]还有郑克鲁主编的《外国文学史》陈述说欧美的浪漫主义文学"是法国大革命催生的社会思潮的产物"，"德国古典哲学和空想社会主义"为其"提供了思想理论基础"等[167]，这些观点明显都受到了艾布拉姆斯的影响。然而，正如有的中国学者所意识到的那样，我们可以把艾布拉姆斯的《镜与灯》和《自然的超自然主义》认为是"迄今为止对传统的浪漫主义

---

163 参见陈国恩：《20世纪中国浪漫主义文学思潮概观（上）》，载《四川外语学院学报》，2004年第3期。

164 刘象愚主编：《外国文论简史》，北京：北京大学出版社，2005年，第156页。

165 聂珍钊主编：《外国文学史（二）》，武汉：华中师范大学出版社，2010年，第203页。

166 王守仁、方杰：《英国文学简史》，上海：上海外语教育出版社，2006年，第102页。

167 参见郑克鲁主编：《外国文学史·上》，北京：高等教育出版社，2006年，第162-164页。

批评最为系统的总结和描述，代表了传统浪漫主义研究的卓越成就"，但不能把这种标准用于统摄浪漫主义。[168]还有的学者（包括郑克鲁）认为浪漫主义作为一种审美意识，其"本质特征"包含"对立性原则"，它"是由主体与客体、理想与现实的冲突对立式的结构方式所决定的，它放弃了古典主义的和谐美思想，转而追求崇高美"，它"偏重于注重情感、想象、灵感"等，[169]这种看法还是围绕浪漫主义的想象，及其与古典主义思想和主张的对立来判定浪漫主义的。在亨利·雷马克（Henry H. H. Remak）看来，诸如把浪漫主义看成是同古典主义对立的，"在政治上是自由主义的"这类观点都是可以抛弃的"陈腐思想"。[170]

尽管国内学界对浪漫主义的认识深受艾布拉姆斯的影响，也还是有学者意识到了这个问题，如张剑的《英国浪漫主义诗歌与新历史主义批评》，作者察看了后现代批评中的新历史主义对传统浪漫主义唯心主义范式的挑战，提到了包括麦甘在内多位学者的观点，这是国内首次有学者就这个问题进行深入探讨。从总体上看，拜伦从西方到中国，经历的最大的变异是形象的变异，不过随着社会矛盾的变化，以及学界对拜伦研究的深入，这个问题已经逐渐淡化；中国对浪漫主义的定义虽然受到艾布拉姆斯等学者的深刻影响，但是拜伦作为一个浪漫主义诗人在中国并没有因为西方传统标准的引入而发生动摇；并且中国学界将拜伦与华兹华斯等学者用积极与消极、破坏与和谐等标签区别开来，也有自己的特色，说明国内的浪漫主义相对于西方的传统标准有更大的包容性和合理性。

二、西方学术前沿与国内研究展望

中国和英语世界的拜伦研究围绕着拜伦这一共同的对象形成了两个不同的学术圈子，它们之间存在起步的早晚、关注点和方法的差异，且多数时候这些差异体现在具体问题上则是我们不得不承认的巨大差距。缩小两个学术圈之间差距的一个捷径就是向视野更为开阔、方法更为丰富的西方拜伦研究学

---

168 参见张剑：《英国浪漫主义诗歌与新历史主义批评》，载《外国文学评论》，2008 年第 4 期，第 114 页。

169 参见李庆本：《20 世纪中国浪漫主义的历史嬗变》，载《天津社会科学》，1999 年第 3 期，第 85 页。

170 参见[美]亨利·雷马克著，金国嘉译：《西欧浪漫主义：定义与范围》，载《中国比较文学》，1985 年第 1 期，第 334 页。

术界靠拢，这是我们拓展学术空间，获得同道认可，及至走向国际学术前沿的必经之路。当然，还需意识到，我们缩小的差距的目的并不是要完全消弭差异，国内研究有很多符合现实需要的地方，带有本土的特殊性，这是我们需要维系和发展的；差异本身就是构成对话的一个前提，对话的指归是实现有无的互通和异质的互补。若要实现这种互通和互补，我们有必要对新世纪以来中国和英语世界的拜伦研究的特点进行归纳和比照。

当前英语世界的拜伦研究大致可以分为两大类：一类包含有传统影响研究范式的延伸、生平研究的补遗和作品研究的新解读；另一类则是文化研究渗透下新批评话语的介入。在前一类中，影响研究因为往往与一些新的事实材料的挖掘密切相关，所以英语世界的拜伦研究领域时常能伴随着新材料证据的发现而推导拜伦创作的新渊源，或者是拜伦对其他作家作品影响的新痕迹，乃至也有拜伦主义在今天的文学和文化世界呈现出的一些新面貌。生平研究也与新材料的出现相关，比如"拜伦协会"（The Byron Society）主办的《拜伦学刊》（*The Byron Journal*）常常刊登一些新发现的拜伦书信以及一些与拜伦有关的文献记录，这些生平资料总是能引发学术界新的遐想。拜伦作为一位经典作家，他的作品解读始终保有生机和活力。他不同作品中的讽刺艺术、即兴风格和散韵特点仍然吸引着学者们的孜孜探究。后一类拜伦研究也主要是以拜伦作品文本的解读为核心的，只不过是文学与文化研究的融合。拜伦研究的文化转向与上世纪九十年代开始的比较文学研究的文化研究转向几乎是同步的，文化研究给文学研究带来了许多新的批评理论视角，跨学科研究也蔚然成风，而拜伦研究在经历上世纪 40 至 80 年代以艾布拉姆斯和布鲁姆等人确立的浪漫主义经典标准将拜伦冷落之后，也伴随着解构主义的浪潮再度进入批评家的关注领域。诸如麦甘的新历史主义批评方法、后殖民主义视域下拜伦的东方书写考察、女性主义视域下拜伦女性观的讨论，以及埃尔芬贝因等人用社会文化身份研究的视角进行的"新残疾研究"等等均在方法论和批评话语方面取得了众多突破。此外，跨学科研究也带来了新的学术增长点，拜伦协会主办的一年一次的国际拜伦学术会议在近年来也直接以"拜伦与政治学"（2013 年）、"拜伦与拉丁文化"（2011 年）、"拜伦与历史学"（2009 年）、"拜伦与身份研究"（2007 年）等为主题，相关研究均有大量成果收获。

相比之下，国内拜伦研究在新世纪最大的特点是大多数的研究都环绕在

"拜伦在中国的接受"这一核心版块周围。这种接受研究又可以具体划分为三个方面：第一，拜伦的形象演变。拜伦在清末民初进入中国后，能掀起一股热潮的根本原因在于他的反抗和自由精神与当时中国知识分子救亡图存的焦灼心理形成了一种共鸣；而新中国成立后，阶级矛盾的变化使得知识分子对他的反抗精神和个人主义产生了疑虑。在他的形象演变中政治氛围和社会环境起了决定作用。第二，拜伦作品翻译的分析。《哀希腊》因为从清末到民国时期先后有多位重要作家进行过翻译，在今天翻译界引起了学者们的关注，包括屠国元、廖七一等学者都曾撰写过多篇论文对之作不同译本的翻译策略、与政治历史的关系及它们的影响等的比较研究，[171]总体上看还是离不开特殊时期特定文本的接受研究范围。第三，拜伦对中国作家的影响。从影响历史上看，拜伦影响的中国作家集中于清末和民国时期的作家；从影响内容上看，拜伦的影响体现在他的人格和精神的感染力方面，而不是他具体的创作艺术。拜伦与鲁迅、梁启超、苏曼殊、蒋光慈、王统照、徐志摩等作家之间的关联均有学者作过专门讨论。除了"拜伦在中国的接受"这一大版块外，余下最常见的则是"主题式"的研究，比如拜伦的东方书写中想象成分与现实成分的多少争论、拜伦式英雄的特征、拜伦的女性观、死亡观、伦理观、悲剧精神等；还有关于《唐璜》、《游记》、《曼弗雷德》、《该隐》的创作主题、讽刺艺术、叙事研究，大部分的作品研究局限于已有中译本的作品对象，比较可贵的是也有学者就《拿破仑组诗》、《赛沙组诗》、《希伯来旋律》等这些未曾被译介或仅有极少部分译介成中文的作品给予了关注。

　　由上可见，国内与英语世界拜伦研究的差别表现在：英语世界的拜伦研究与西方文论的发展密切关联，两者之间形成指引和被指引，以及互证的关系，各种理论视野和方法让拜伦研究新观点层出不穷，学术氛围也由此变得生机不断、异彩纷呈；国内的拜伦研究则更为关切"拜伦在中国"，或"拜伦与中国"，也就是拜伦与我们有交集的部分，而且拜伦在中国的接受上的变异已经被广泛意识到，这种研究本身已经带有自觉的比较文学跨文明意识。国内与英语世界拜伦研究的差距则表现在：尽管国内学界在某些方面提出了不少新观点，在具体论述的过程中也有较为明确的问题意识，但是和英语世界相比，国内的关注范围还显得狭窄，对拜伦的浪漫主义特点及其个体游离于传统之外的特殊性缺乏整体性的把握。

---

171 在具体比较中，查良铮译的《唐璜》中的《哀希腊》部分常也会被拿来讨论。

国内拜伦研究如要走向国际学术前沿，还有很长的路要走。首先就是翻译工作延续，这是一项尤为迫切的任务。尽管从事外国文学研究的学者要求有良好的外语阅读和写作技能，但是在当前的国内学术界，这种"精英意识"尚还不合时宜。要想更充分地了解拜伦，那么就需要更多地阅读拜伦，充足的译本是拓宽相关学术圈的前提，是拜伦研究得到丰富和深化的重要保证。不仅要尽可能地多译介拜伦的作品，还要译介西方主要拜伦学者的代表性著作。也就是说，我们还要多把目光转向国外，聆听域外的声音。"他山之石，可以攻玉"，当我们注意到西方拜伦研究的新进展，自然会与国内研究进行比较，差异的发现有助于强化我们自身的特殊性，差距的发现有助于生成我们前行的紧迫感。在坚持和发展国内拜伦学术研究走势的同时，紧跟西方学术前沿，是实现认知上的突破和学术上的创新的必由之路。

参考文献

一、中文部分

（一）博士学位论文

1. 陈彦旭:《"我—它"与"我—你"——马丁·布伯理论视角下的浪漫主义诗人东方书写研究》,东北师范大学,2013 年。
2. 龙瑞翠:《英国第二代浪漫主义诗人"交融式"宗教范式研究》,东北师范大学,2009 年。
3. 宋庆宝:《拜伦在中国:从清末民初到五四》,北京语言大学,2006 年。
4. 杨莉:《拜伦叙事诗研究》,浙江大学,2010 年。

（二）论著／译著

1. [法]安德烈·莫洛亚:《拜伦传》,裘小龙、王人力译,杭州:浙江文艺出版社,1985 年。
2. [法]安德烈·莫洛亚:《拜伦情史》,沈大力、董纯译,北京:中国文联出版社,2001 年。
3. [美]安妮特·T·鲁宾斯坦:《英国文学的伟大传统——从彭斯到兰姆》(中),陈安全等译,上海:上海译文出版社,1998 年。
4. [美]奥弗洛赫蒂等编:《尼采与古典传统》,田立年译,上海:华东师范大学出版社,2007 年。
5. [苏]巴赫金:《巴赫金集》,张杰编选,上海:上海远东出版社,1998 年。
6. [英]拜伦著,杨德豫译:《恰尔德·哈洛尔德游记》,上海:上海译文出版社,1990 年。

7. [英]拜伦著，查良铮译：《唐璜（上）》，北京：人民文学出版社，2008 年。

8. [英]拜伦著，查良铮译：《唐璜（下）》，北京：人民文学出版社，2008 年。

9. [丹]勃兰兑斯著，徐式谷、江枫、张自谋译：《十九世纪文学主流（第四分册）：英国的自然主义》，北京：人民文学出版社，1980 年。

10. 曹顺庆编：《世界比较文学史》，北京：北京师范大学出版社，2000 年。

11. 陈才宇：《英国古代诗歌》，杭州：杭州大学出版社，1994 年。

12. 陈乐民：《欧洲文明十五讲》，北京：北京大学出版社，2004 年。

13. 陈嘉主编：《英国文学史》，北京：商务印书馆，1986 年版。

14. 陈引驰：《梁启超学术论著集：文学卷》，上海：华东师范大学出版社，1998 年。

15. 范存忠：《英国文学论集》，北京：外国文学出版社，1981 年。

16. 弗洛伊德：《精神分析引论》，高觉敷译，北京：商务印书馆，2003 年。

17. 弗洛伊德：《文明及其缺憾》，合肥：安徽文艺出版社，1987 年。

18. [丹]G·勃兰兑斯：《拜伦评传》，侍桁译，上海：国际文化服务社，1953 年。

19. [丹]G·勃兰兑斯著，徐式谷等译：《十九世纪文学主流第四分册——英国的自然主义》，北京：人民文学出版社，1984 年。

20. 高旭东：《鲁迅与英国文学》，西安：陕西人民教育出版社，1996 年。

21. 高旭东：《文化伟人与文化冲突》，石家庄：河北人民出版社，1994 年。

22. 高旭东：《五四文学与中国文学传统》，济南：山东大学出版社，2000 年。

23. 戈宝权：《中外文学因缘》，北京：北京出版社，1992 年。

24. 葛桂录：《他者的眼光——中英文学关系论稿》，银川：宁夏人民出版社，2003 年。

25. 葛桂录：《雾外的远因——英国作家与中国》，银川：宁夏人民出版社，2002 年。

26. 葛桂录：《中英文学关系编史》，上海：上海三联书店，2004 年。

27. 郭绍虞主编：《中国历代文论选（第一册）》，上海：上海古籍出版社，1979 年。

28. 江枫、张自谋译，北京：人民文学出版社，1984 年版。

29. [俄]H. R. 季亚科诺娃：《英国浪漫主义文学史》，聂锦坡、海龙河译，沈阳：辽宁大学出版社，1990 年。

30. [日]鹤见祐辅著，陈秋帆译：《明月中天：拜伦传》，长沙：湖南文艺出版社，1981年。

31. 黄永健：《苏曼殊诗画论》，北京：中国社会科学出版社，2001年。

32. 贾植芳、陈思和：《中外文学关系史资料汇编（1898-1937）》，桂林：广西师范大学出版社，2004年。

33. 金东雷：《英国文学史纲》，商务印书馆，1937年。

34. 寇鹏程：《文学家的青少年时代·拜伦》，北京：国际文化出版社，1997年。

35. [俄]莱蒙托夫著，余振译：《莱蒙托夫诗选》，上海：上海译文出版社，1980年。

36. 李嘉娜：《英美诗歌论稿》，福州：海峡文艺出版社，2006年。

37. 李欧梵著，王宏志等译：《中国现代作家的浪漫一代》，北京：新星出版社，2005年。

38. 李泽厚：《中国现代思想史论》，天津：天津社会科学出版社，2003年。

39. （清）梁启超：《梁启超全集》，北京：北京出版社，1999年。

40. （清）梁启超：《饮冰室专集》（89），北京：中华书局，1936年。

41. 梁实秋：《英国文学史》，台湾：协志工业丛书，1985年。

42. 刘诚、盛晓玲：《情僧诗僧苏曼殊》，上海：学林出版社，2004年。

43. 刘念慈等编：《外国浪漫主义文学30讲》，贵阳：贵州人民出版社，1986年。

44. 柳无忌编：《苏曼殊研究》见《柳亚子文集》，上海：上海人民出版社，1987年。

45. 刘象愚主编：《外国文论简史》，北京：北京大学出版社，2005年。

46. 柳亚子编：《苏曼殊全集·四》，北京：中国书店，1985年。

47. 鲁迅：《鲁迅全集·第一卷》，北京：人民文学出版社，2005年。

48. [英]罗素著，马元德译：《西方哲学史·下卷》，北京：商务印书馆，1982年。

49. [美]M.H.艾布拉姆斯：《镜与灯》，郦稚牛译，北京：北京大学出版社，2004年。

50. [法]马·法·基亚著，颜保译：《比较文学》，北京：北京大学出版社，1983年。

51. [英]玛里琳·巴特勒:《浪漫派、叛逆者及反动派——1760-1830 年间的英国文学及其背景》,黄梅、陆建德译,沈阳:辽宁教育出版社,1998 年。

52. [捷克]马立安·高利克:《中西文学关系的里程碑》,伍晓明译,北京:北京大学出版社,1990 年。

53. 毛策:《苏曼殊传论》,北京:中国人民大学出版社,1995 年。

54. 茅盾:《西洋文学通论》,上海:复旦大学出版社,2004 年。

55. (战)孟子著,万丽华、蓝旭译注:《孟子》,北京:中华书局,2007 年。

56. 倪正芳:《拜伦研究》,北京:中国广播电视大学出版社,2005 年。

57. 倪正芳:《拜伦与中国》,西宁:青海人民出版社,2008 年。

58. 聂珍钊主编:《外国文学史(二)》,武汉:华中师范大学出版社,2010 年。

59. 欧阳兰:《英国文学史》,京师大学文科出版部,1927 年。

60. [英]培根著,水天同译:《培根论说文集》,北京:商务印书馆,2009 年。

61. 钱理群、温儒敏:《中国现代文学三十年》,北京:北京大学出版社,1998 年。

62. 钱锺书:《谈艺录》(补订本),北京:中华书局,1984 年。

63. [英]乔治·戈登·拜伦著,李锦秀译:《东方故事诗(上集)》,长沙:湖南人民出版社,1988 年。

64. [英]乔治·戈登·拜伦著,王昕若译:《拜伦书信选》,天津:百花文艺出版社,2012 年。

65. [英]乔治·桑普森:《简明剑桥英国文学史》(十九世纪部分),刘玉麟译,上海:上海外语教育出版社,1987 年。

66. 孙席珍:《外国文学论集》,福州:福建人民出版社,1984 年。

67. (清)王国维著,佛雏校辑:《新订〈人间词话〉广〈人间词话〉》,上海:华东师范大学出版社,1993 年。

68. 王建开:《五四以来我国英美文学作品译介史(1919-1949)》,上海:上海外语教育出版社,2003 年。

69. 王捷:《拜伦》,深圳:海天出版社,1997 年。

70. 王锦厚:《"五四"新文学与外国文学》,成都:四川大学出版社,1996 年。

71. 王宁:《文学与精神分析学》,北京:人民文学出版社,2002 年。

72. 王守仁、方杰:《英国文学简史》,上海:上海外语教育出版社,2006 年。

73. 王佐良：《英国浪漫主一义诗歌史》，北京：人民文学出版社，1991 年。

74. 王佐良：《英国文学论文集》，北京：外国文学出版社，1980。

75. 王佐良：《英国文学史》，北京：商务印书馆，1996 年。

76. 吴笛：《比较视野中的欧美诗歌》，北京：作家出版社，2004 年。

77. 吴元迈、赵沛林、仲石主编：《外国文学史话》（西方十九世纪前期卷），长春：吉林人民出版社，2001 年。

78. 谢天振、查明建：《中国现代翻译文学史（1898-1949)》，上海：上海外语教育出版社，2004 年。

79. 徐静波编：《梁实秋批评文集》，珠海：珠海出版社，1998 年。

80. 徐名骥：《英吉利文学》，上海：商务印书馆，1934 年。

81. 杨嘉利：《拜伦与雪莱》，北京：中国少年儿童出版社，2006 年版。

82. 晏小萍、谢伟民：《英国诗坛的两位巨人——拜伦和雪莱》，海口：海南出版社，1993 年。

83. [苏]叶利斯特拉托娃著，周其勋译：《拜伦》，上海：上海译文出版社，1985 年。

84. [苏]伊瓦士琴科：《拜伦》，臧之远译，北京：人民出版社，1954 年。

85. 宇钟：《拜伦的女性情感世界》，北京：中国致公出版社，2005 年。

86. 曾小逸编：《走向世界文学——中国现代作家与外国文学》，长沙：湖南人民出版社，1985 年。

87. 张德明：《批评的视野》，上海：上海社会科学院出版社，2004 年。

88. 赵瑞蕻：《鲁迅〈摩罗诗力说〉：注释·今译·解说》，天津：天津人民出版社，1982 年。

89. 赵毅衡：《符号学》，南京：南京大学出版社，2012 年。

90. 郑克鲁主编：《外国文学史·上》，北京：高等教育出版社，2006 年。

91. 中国社会科学院外国文学研究所／外国文学研究资料丛刊编辑委员会编：《欧洲古典作家论现实主义和浪漫主义》，北京：中国社会科学出版社，1980 年。

92. 周宁：《孔教乌托邦》，北京：学苑出版社，2004 年。

93. 邹纯芝：《想象力世界——浪漫主义文学》，海口：海南出版社，1993 年。

（三）期刊文章

1. 安旗：《试论拜伦诗歌中的叛逆性格》，载《世界文学》，1960 年第 8 期。

2. [奥]齐格蒙德·弗洛伊德著，侯国良、顾闻译：《创造性作家与昼梦》，载《文艺理论研究》，1981 年第 3 期。

3. 白英丽：《拜伦的英雄伦理观透析》，载《喀什师范学院学报》，2008 年第 1 期。

4. 毕井凌：《"狂欢化"视域下的"唐璜"》，载《语文学刊》，2017 年第 6 期。

5. 卞之琳等：《十年来的外国文学翻译和研究工作》，载《文学评论》，1959 年第 5 期。

6. 曹顺庆：《跨文明比较文学研究》，载《中国比较文学》，2003 年第 1 期。

7. 曹顺庆、马智捷：《再论"风骨"与"崇高"》，载《江海学刊》，2017 年第 1 期。

8. 陈国恩：《20 世纪中国浪漫主义文学思潮概观（上）》，载《四川外语学院学报》，2004 年第 3 期。

9. 陈浩然：《从〈唐璜〉看约翰·克莱尔对拜伦的改写》，载《外国语文研究》，2017 年第 1 期。

10. 陈捷：《接受与过滤：审视苏曼殊与拜伦之间的传承关系》，载《龙岩学院学报》，2005 年第 2 期。

11. 陈鸣树：《鲁迅与拜伦》，载《文史哲》，1957 年第 9 期。

12. 陈实：《歌德与拜伦》，载《广西民族学院学报（哲学社会科学版）》，1985 年第 1 期。

13. 陈彦旭：《英国浪漫主义诗人拜伦的"现实主义东方书写"》，载《湖北民族学院学报（哲学社会科学版）》，2013 年第 5 期。

14. 褚蓓娟：《解构与重构：〈该隐〉的"拜伦式"伦理观》，载《浙江工业大学学报（社会科学版）》，2008 年第 4 期。

15. 褚蓓娟、赵双华：《论拜伦对传统伦理道德的解构》，载《兰州学刊》，2007 年第 1 期。

16. 崔东军：《〈哀希腊〉语词新探》，载《前沿》，2007 年第 8 期。

17. 大卫·布劳著，迟春译：《雪莱和拜伦复杂的爱情生活》，载《文化译丛》，1989 年第 2 期。

18. 戴从容：《拜伦在五四时期的中国》，载《苏州大学学报》，2003 年第 1 期。

19. 戴苗起：《试论拜伦的积极浪漫主义诗歌及其构成因素》，载《怀化师专学报（社会科学版）》，1984 年第 2 期。

20. 邓庆周：《拜伦〈哀希腊〉在近代中国的四种译本及其影响》，载《江汉大学学报（人文科学版）》，2008 年第 5 期。

21. 邓庆周：《翻译他者与建构自我——论拜伦、雪莱对苏曼殊的影响》，载《河南社会科学》，2007 年第 3 期。

22. 邓文生等：《论意识形态与译者的关系——以梁启超译介拜伦为例》，载《兰州大学学报（社会科学版）》，2010 年第 38 卷。

23. 丁宏为：《麦鸣的无声：拜伦的悖论》，载《四川外语学院学报》，2005 年第 6 期。

24. 杜秉正：《拜伦著，朱维基译：〈唐璜〉》，载《西方语文》，1957 年第一卷第三期。

25. 杜秉正：《革命浪漫主义诗人拜伦的诗》，载《北京大学学报（人文科学）》，1956 年第 3 期。

26. 杜平：《不一样的东方——拜伦和雪莱的东方想象》，载《四川外语学院学报》，2005 年第 6 期。

27. 都文娟：《在历史与幻想之间——评约翰·克劳利的小说〈拜伦勋爵的小说：晚间地带〉》，载《外国文学动态》，2006 年第 3 期。

28. 杜学霞：《童年精神创伤对拜伦人格的影响》，载《成都教育学院学报》，2003 年第 4 期。

29. 范存忠：《论拜伦与雪莱的创作中现实主义与浪漫主义相结合的问题》，载《文学评论》，1962 年第 1 期。

30. 方长安：《论外国文学译介在十七年语境中的嬗变》，载《文学评论》，2002 年第 6 期。

31. 费致德：《海洋、蝎、月——拜伦惯用的一些艺术形象》，载《教学研究》，1982 年第 2 期。

32. 冯国忠：《拜伦和英国古典主义传统》，载《国外文学》，1982 年第 3 期。

33. 冯绪：《拜伦诗歌的异国情趣》，载《河西学院学报》，2003 年第 1 期。

34. 高旭东：《拜伦的〈该隐〉与鲁迅的〈狂人日记〉》，载《苏州大学学报》，1985 年第 2 期。

35. 高旭东：《拜伦的〈海盗〉与鲁迅的〈孤独者〉〈铸剑〉》，载《湖北大学学报（哲学社会科学版）》，1985 年第 6 期。

36. 高旭东：《拜伦对鲁迅思想与创作的影响》，载《鲁迅研究月刊》，1994 年第 2 期。

37. 高旭东：《论〈该隐〉对鲁迅思想的影响》，载《信阳师范学院学报（哲学社会科学版）》，1985 年第 4 期。

38. 高旭东：《谁是世界文学：英语世界还是非英语世界？——以拜伦在英语与非英语世界的评价反差为中心》，载《外国文学研究》，2017 年第 6 期。

39. 顾瑶：《拜伦之〈唐璜〉和"蓝袜子女士"——兼论英国"浪漫主义"经典解读中缺失的一环》，载《南京师范大学文学院学报》，2012 年第 4 期。

40. 桂国平：《拜伦对近代东西方政治与文学中的影响》，载《外国文学研究》，1991 年第 1 期。

41. 胡翠娥：《拜伦〈赞大海〉等三诗译者辨析》，载《南开学报》，2006 年第 6 期。

42. 胡文华：《拜伦和雪莱》，载《上海师范大学学报（哲学社会科学版）》，1984 年第 1 期。

43. 黄静、王本朝：《鲁迅的"拜伦"言说与被言说——〈摩罗诗力说〉"拜伦观"的接受史研究》，载《湘潭大学学报（哲学社会科学版）》，2015 年第 1 期。

44. 黄晓敏：《俄罗斯学界关于拜伦对莱蒙托夫的影响问题研究综述》，载《俄罗斯文艺》，2013 年第 2 期。

45. 黄轶、张杨：《从〈哀希腊〉四译本看清末民初文学变革》，载《江苏社会科学》，2015 年第 6 期。

46. 蒋承勇：《拜伦式英雄"与"超人"原型——拜伦文化价值论》，载《外国文学研究》，2010 年第 6 期。

47. 解心：《拜伦与俄狄浦斯情结》，载《九江师专学报》，1993 年第 2 期。

48. 李爱梅：《拜伦作品中的"东方情调"的思想文化根源》，载《世界文学评论》，2007 年第 1 期。

49. 李公文、罗文军：《论清末"拜伦"译介中的文学性想象》，载《西南大学学报（社会科学版）》，2010 年第 2 期。

50. 李嘉娜：《拜伦作品解读》，载《漳州师院学报（哲学社会科学版）》，1999 年第 2 期。

51. 李继青：《文学翻译中的变异、损失与增益——读拜伦〈哀希腊〉随想》，载《枣庄师专学报》，1991 年第 1 期。

52. 李静、屠国元:《翻译国民性:梁启超改写拜伦〈哀希腊〉的新民救过思想显征》,载《上海翻译》,2016 年第 3 期。

53. 李静、屠国元:《借译载道:苏曼殊外国文学译介论》,载《东疆学刊》,2015 年第 3 期。

54. 李静、屠国元:《近代拜伦〈哀希腊〉译介的救过话语书写》,载《文艺争鸣》,2014 年第 7 期。

55. 李静、屠国元:《梁启超的拜伦译介及其形象建构》,载《文艺争鸣》,2016 年第 8 期。

56. 李静、屠国元:《人格像似与镜像自我——苏曼殊译介拜伦的文学姻缘论》,载《湖南科技大学学报(社会科学版)》,2013 年第 6 期。

57. 李静、屠国元:《欲望化他者与言说自我——清末民初拜伦形象本土化中的译者主体身份检视》,载《中国翻译》,2012 年第 5 期。

58. 李静、屠国元:《作为救亡符号的拜伦〈哀希腊〉:清末民初的政治化阐释、接受与影响》,载《文艺争鸣》,2015 年第 7 期。

59. 李庆本:《20 世纪中国浪漫主义的历史嬗变》,载《天津社会科学》,1999 年第 3 期。

60. 李天英:《〈唐璜〉研究与拜伦其人》,载《天水师范学院学报》,2010 年第 6 期。

61. 李天英:《〈唐璜〉中的动物意象及其意指》,载《天水师范学院学报》,2009 年第 4 期。

62. 梁桂平:《拜伦的生命意识解读》,载《毕节学院学报》,2010 年第 2 期。

63. 梁桂平:《拜伦诗歌的死亡主题》,载《世界文学评论》,2006 年第 1 期。

64. 梁桂平:《拜伦与梁启超的诗歌创作》,载《河北广播电视大学学报》,2001 年第 2 期。

65. 梁桂平:《传统的悖离与超越:拜伦死亡观探究》,载《华南师范大学学报(社会科学版)》,2007 年第 4 期。

66. 梁桂平:《试论拜伦精神在梁启超诗歌中的熔铸》,载《华南师范大学学报(社会科学版)》,2001 年第 4 期。

67. 梁占军:《跛足的诗坛勇士》,载《中国残疾人》,1995 年第 2 期。

68. 廖七一:《〈哀希腊〉的译介与符号化》,载《外国语(上海外国语大学学报)》,2010 年第 1 期。

69. 廖七一：《梁启超与拜伦〈哀希腊〉的本土化》，载《外语研究》，2006 年第 3 期。

70. 林芙蓉：《从〈圣经〉中的该隐形象看拜伦笔下的该隐》，载《福建论坛（人文社会科学版）》，2011 年第 S1 期。

71. 林精华：《"去拜伦化的普希金"：俄国比较文学中的国际政治学考量》，载《广东社会科学》，2014 年第 2 期。

72. 林学锦：《浪漫主义诗人再评》，载《广西民族学院学报（哲学社会科学版）》，1983 年第 1 期。

73. 林学锦：《鲁迅为何服膺拜伦》，载《广西民族学院学报（社会科学版）》，1981 年第 3 期。

74. 林一民：《简论拜伦诗歌》，载《南昌大学学报（人文社会科学版）》，1983 年第 2 期。

75. 刘彬：《〈哀希腊〉中的修辞艺术效果》，载《衡阳师专学报（社会科学）》，1999 年第 1 期。

76. 刘春芳：《海蒂——拜伦笔下拜伦式的女英雄》，载《张家口师专学报》，2001 年第 1 期。

77. 刘富研：《"咏锡雍"赏析》，载《山东外语教学》，1990 年第 4 期。

78. 刘国清：《英国浪漫主义诗人的另一面》，载《文艺争鸣》，2012 年第 7 期。

79. 刘海丽：《雄鹰孤独的背后——解读〈唐璜〉所体现的拜伦的精神倾向》，载《山东教育学院学报》，2004 年第 3 期。

80. 刘静：《浪漫英雄的悲歌——论拜伦式英雄的精神实质》，载《怀化学院学报》，2007 年第 8 期。

81. 刘明景、谢欢：《拜伦的女性观初探》，载《文史博览（理论）》，2011 年第 4 期。

82. 柳淑娟、商雅静：《论拜伦〈恰尔德·哈洛尔德游记〉的思想艺术特征》，载《白城师范学院学报》，2009 年第 1 期。

83. 刘须明：《拜伦的故居纽斯特德寺》，载《世界文化》，1999 年第 4 期。

84. 刘章才：《英国诗人拜伦与茶文化》，载《农业考古》，2017 年第 5 期。

85. 陆草：《苏曼殊与拜伦、雪莱之比较》，载《中州学刊》，1987 年第 4 期。

86. 鹿杰：《拜伦诗剧中的该隐传统》，载《重庆交通大学学报（社会科学版）》，2011 年第 5 期。

87. 卢晶晶、张德让：《从审美活动的自律性和他律性看苏曼殊对拜伦诗的译介》，载《天津外国语学院学报》，2006 年第 1 期。

88. 卢黎：《试论拜伦、普希金、莱蒙托夫创作的异同》，载《乌鲁木齐成人教育学院学报》，2001 年第 1 期。

89. 陆昇：《拜伦〈咏锡隆〉一诗的音乐性剖析》，载《外语教学与研究》，1985 年第 1 期。

90. 卢文婷、何锡章：《从"哀希腊"的译介看晚清与"五四"时期的浪漫主义革命话语建构》，载《外国文学研究》，2013 年第 6 期。

91. 罗成琰：《西方浪漫主义文学思潮与中国现代文学》，载《外国文学评论》，1994 年第 3 期。

92. 罗选民：《意识形态与文学翻译——论梁启超的翻译实践》，载《清华大学学报（哲学社会科学版）》，2006 年第 1 期。

93. 罗文军：《最初的拜伦译介与军国民意识的关系》，载《中国现代文学研究丛刊》，2010 年第 2 期。

94. 吕佩爱：《马修·阿诺德的"人生批评"与英国浪漫主义诗人》，载《同济大学学报（社会科学版）》，2004 年第 5 期。

95. 毛迅、毛苹：《浪漫主义的"云游"——徐志摩诗艺的英国文学背景（一）》，载《西南民族学院学报（哲学社会科学版）》，2000 年第 4 期。

96. [美]亨利·雷马克著，金国嘉译：《西欧浪漫主义：定义与范围》，载《中国比较文学》，1985 年第 1 期。

97. 倪正芳：《拜伦的运动休闲》，载《世界文化》，2002 年第 2 期。

98. 倪正芳：《悲壮的复兴者——拜伦诗剧创作价值论》，载《戏剧文学》，2013 年第 11 期。

99. 倪正芳：《当浪漫与革命相遇——论蒋光慈对拜伦的接受》，载《安徽广播电视大学学报》，2015 年第 1 期。

100. 倪正芳：《地狱的布道者——拜伦悲剧精神论》，载《湖南社会科学》，2003 年第 4 期。

101. 倪正芳：《论拜伦的诗学观》，载《兰州学刊》，2007 年第 6 期。

102. 倪正芳：《杰出的"例外"——为拜伦想象观一辩》，载《北方工业大学学报》，2015 年第 4 期。

103. 倪正芳、唐湘从：《〈哀希腊〉在中国的百年接受》，载《湖南工程学院学报》，2003年第2期。

104. 农方团：《"别求新声"——浅谈鲁迅和拜伦》，载《广西师范学院学报》，1981年第4期。

105. 潘艳慧、陈晓霞：《〈哀希腊〉与救中国——从翻译的角度看中国知识分子对拜伦的想象》，载《浙江工业大学学报（社会科学版）》，2010年第1期。

106. 潘耀瑔：《拜伦的〈恰尔德·哈洛尔德游记〉》，载《武汉大学学报（社会科学版）》，1981年第4期。

107. 彭江浩：《拜伦的女性观》，载《湖北师范学院学报（哲学社会科学版）》，2006年第6期。

108. 祈晓明：《文学批评史视野里的〈摩罗诗力说〉》，载《暨南学报（哲学社会科学版）》，2016年第9期。

109. 任春厚：《别求新声于异邦——鲁迅与拜伦、雪莱关系初探》，载《河南大学学报（社会科学版）》，2006年第2期。

110. 任亮娥：《比较视野中的完美女性形象——以但丁与拜伦两组诗为例》，载《绍兴文理学院学报（哲学社会科学）》，2011年第4期。

111. 任宋莎：《误读他者与建构自我——从翻译角度看晚晴民初时期"〈哀希腊〉在中国的幸运"》，载《文化学刊》，2017年第7期。

112. 邵迎武：《苏曼殊与拜伦》，载《天津师大学报》，1986年第3期。

113. 盛红梅：《情谊深笃还是一厢情愿——论拜伦和雪莱的友谊》，载《黄冈师范学院学报》，2006年第4期。

114. 宋达：《汉译拜伦之困境：英国浪漫主义诗人的苏格兰性》，载《首都师范大学学报（社会科学版）》，2017年第3期。

115. 宋庆宝：《鲁迅与拜伦、尼采的伦理观及历史观比较——以狂人、该隐和查拉图斯特拉形象分析为例》，载《中国政法大学学报》，2012年第1期。

116. （苏）B·日尔蒙斯基著，陈建华译：《〈拜伦与普希金〉德文版序》，载《中国比较文学》，1986年第1期。

117. （苏）谢拉菲姆·罗杰斯特文斯基著，江筠译：《拜伦的最后一次恋爱》，载《文化译丛》，1986年第1期。

118. 苏秀菊：《中西方爱情诗的差异——以元稹〈离思〉与拜伦〈雅典的少女〉为例》，载《陕西师范大学学报（哲学社会科学版）》，2009年第S1期。

119. 苏卓兴：《从〈唐璜〉看拜伦的讽刺艺术》，载《广西民族学院学报（社会科学版)》, 1980 年第 3 期。

120. 孙宜学:《拜伦与中华英雄梦》, 载《书屋》, 2005 年第 12 期。

121. 谭军强:《〈堂璜〉: 作为叙述者干预的抒情插笔》, 载《云南大学学报 (社会科学版)》, 2009 年第 3 期。

122. 唐珂:《〈哀希腊〉百年译介活动的语言符号学考察》, 载《中国比较文学》, 2017 年第 2 期。

123. 屠国元:《"外师造化, 中得心源"——胡适翻译拜伦〈哀希腊〉的报国思想研究》, 载《中国翻译》, 2017 年第 6 期。

124. 王碧海:《从鲁迅和徐志摩看五四新文学中拜伦的影子》, 载《钦州学院学报》, 2007 年第 4 期。

125. 王东风:《一首小诗撼动了一座大厦: 清末民初〈哀希腊〉之六大名译》, 载《中国翻译》, 2011 年第 5 期。

126. 王冬梅、张荣翼:《文学史中的拜伦形象——以民国时期四部英国文学史为例》, 载《湖南社会科学》, 2016 年第 3 期。

127. 王化学:《拜伦的拿破仑组诗》, 载《山东师范大学学报 (人文社会科学版)》, 2016 年第 4 期。

128. 王化学:《〈曼弗雷德〉与"世界悲哀"》, 载《外国文学评论》, 1989 年第 3 期。

129. 王化学:《时代的最强音——拜伦之〈恰尔德·哈洛尔德游记〉》, 载《山东师范大学学报 (人文社会科学版)》, 2009 年第 6 期。

130. 王化学:《天鹅之歌, 悲乎壮哉——拜伦绝笔诗译析》, 载《山东外语教学》, 1995 年第 4 期。

131. 王化学、王建琦:《其人虽已殁 千载有余情——纪念拜伦诞生 200 周年》, 载《山东师大学报 (社会科学版)》, 1988 年第 3 期。

132. 王纪明:《〈恰尔德·哈洛尔德游记〉中的人物与作者》, 载《临沂师专学报》, 1990 年第 1 期。

133. 王倜中:《青春的旋律——〈闲暇的时刻〉》, 载《杭州大学学报 (哲学社会科学版)》, 1985 年第 1 期。

134. 王静:《关于知识与生命的谕言——拜伦诗剧〈曼弗雷德〉和〈该隐〉的基本主题》, 载《哈尔滨工业大学学报 (社会科学版)》, 2010 年第 4 期。

135. 王雷霞:《拜伦圣经组诗审美心理述描》, 载《常州大学学报 (社会科学版)》，2014 年第 4 期。

136. 王美萍：《爱情的囚徒们——拜伦笔下的女性人物群像》，载《解放军外国语学院学报》，2005 年第 5 期。

137. 王美萍：《薄命红颜——拜伦的女性观试析》，载《山东外语教学》，2004 年第 6 期。

138. 王晓姝：《从拜伦、斯托克到赖斯笔下吸血鬼意象的文学嬗变》，载《外国语文》，2012 年第 3 期。

139. 王杏根：《拜伦与清末文坛》，载《上海师范大学学报（哲学社会科学版）》，1988 年第 3 期。

140. 王永生：《鲁迅论拜伦与雪莱》，载《宁波师专学报（社会科学版）》，1986 年第 4 期。

141. 吴达元：《拉马丁与拜伦》，载《清华大学学报》，1936 年第 2 期。

142. 吴赟：《经典的建立与颠覆——"十七年"拜伦诗歌在中国的翻译历程》，载《文艺争鸣》，2011 年第 3 期。

143. 肖支群：《拜伦与雪莱的文学关系》，载《衡阳师范学院学报（社会科学版）》，1999 年第 5 期。

144. 熊焕：《该隐与狂人：在反抗与妥协之间》，载《宁夏大学学报（人文社会科学版）》，2017 年第 3 期。

145. 薛金强、吴舜立：《拜伦与雪莱比较论》，载《外语教学》，2001 年第 2 期。

146. 阎奇男：《王统照与拜伦》，载《广西梧州师范高等专科学校学报》，2005 年第 2 期。

147. 杨德华：《试论拜伦的忧郁》，载《文学评论》，1961 年第 6 期。

148. 杨莉：《拜伦长篇叙事中的叙述者》，载《上海师范大学学报（哲学社会科学版）》，2010 年第 6 期。

149. 杨莉：《拜伦对西方叙事诗传统的继承与创新——以〈唐璜〉为例》，载《江西社会科学》，2009 年第 6 期。

150. 杨莉：《拜伦诗歌的叙事节奏及其时间观》，载《江西社会科学》，2010 年第 6 期。

151. 杨莉：《拜伦叙事诗研究在中国》，载《求索》，2011 年第 3 期。

152. 杨莉：《互文性叙事：拜伦叙事诗中的文学典故与宗教典故》，载《江西社会科学》，2011 年第 2 期。

153. 杨莉:《论拜伦的文学影响——以普希金、库切和巴赫金为例》,载《英美文学研究论丛》,2010 年第 2 期。

154. 杨莉:《论诗歌叙事中的空间标识——以拜伦的叙事诗〈唐璜〉为例》,载《社会科学辑刊》,2009 年第 5 期。

155. 杨联芬:《苏曼殊与五四浪漫文学》,载《陕西师范大学学报(哲学社会科学版)》,2004 年第 3 期。

156. 杨苟:《继承还是叛逆——浅论浪漫主义与艾略特的潜在联系》,载《中州大学学报》,2007 年第 4 期。

157. (以)琳达·蒙塔格著,倪正芳、蒋冰清译:《论〈唐璜〉对莎士比亚作品的引用》,载《娄底师专学报》,2003 年第 4 期。

158. (英)拜伦著,赵澧译:《锡隆的囚徒》,载《国外文学》,1985 年第 1 期。

159. (英)迈克尔·豪斯著,魏晋慧译:《希腊人眼中的拜伦》,载《文化译丛》,1988 年第 5 期。

160. (英)乔治·戈登·拜伦著,易晓明译:《飘忽的灵魂——拜伦书信选译》,载《诗探索》,2000 年第 Z2 期。

161. 余杰:《狂飙中的拜伦之歌——以梁启超、苏曼殊、鲁迅为中心探讨清末民初文人的拜伦观》,载《鲁迅研究月刊》,1999 年第 9 期。

162. 余廷明:《同一金币的另一面——真实的拜伦》,载《茂名学院学报》,2006 年第 2 期。

163. 袁荻涌:《苏曼殊研究三题》,载《贵州师范大学学报(社会科学版)》,2001 年第 2 期。

164. 袁荻涌:《苏曼殊与外国文学》,载《青海社会科学》,2001 年第 5 期。

165. 曾繁亭:《自我与自然——英国浪漫派自然观探析》,载《东岳论丛》,2013 年第 8 期。

166. 曾艳兵:《中国的英国文学经典》,载《天津师范大学学报(社会科学版)》,2010 年第 2 期。

167. 詹志和:《深文隐谲 余味曲包——拜伦讽刺艺术探蹊举隅》,载《湘潭大学学报(语言文学论集)》,1987 年第 S1 期。

168. 张德明:《诗性的游记与诗人的成长——重读〈恰尔德·哈洛尔德游记〉》,载《宁波大学学报(人文科学版)》,2011 年第 5 期。

169. 张剑:《英国浪漫主义诗歌与新历史主义批评》,载《外国文学评论》,2008

年第 4 期。

170. 张良村：《拜伦会成为一个反动资产者吗？》，载《外国文学研究》，1992 年第 3 期。

171. 张敏：《英语格律诗汉译的体制问题——拜伦〈当我俩分手时〉三种译诗比较》，载《山东外语教学》，2006 年第 3 期。

172. 张晴：《论苏曼殊的拜伦情结》，载《湖南工业职业技术学院学报》，2007 年第 4 期。

173. 张若琳：《王国维文学批评探究——以〈英国大诗人白衣龙小传〉为例》，载《内蒙古农业大学学报（社会科学版）》，2013 年第 2 期。

174. 张伟：《论"拜伦式"的"南方叙事诗"》，载《中国青年政治学院学报》，1997 年第 1 期。

175. 张鑫：《浪漫主义的游记文学观与拜伦的"剽窃"案》，载《国外文学》，2010 年第 1 期。

176. 张旭春：《新中国 60 年拜伦诗歌研究之考察与分析》，载《外国文学研究》，2013 年第 1 期。

177. 张旭春：《雪莱和拜伦的审美先锋主义思想初探》，载《外国文学研究》，2004 年第 5 期。

178. 张耀之：《论拜伦和他的长诗〈恰尔德·哈洛尔德游记〉》，载《齐齐哈尔师院学报》，1978 年第 3 期。

179. 赵焕冲：《论苏曼殊对拜伦的接受》，载《福建论坛（社科教育版）》，2005 年第 S1 期。

180. 赵云梅：《〈呼啸山庄〉中的拜伦式主人公——希斯克里夫》，载《时代文学（下半月）》，2009 年第 4 期。

181. 钟翔、苏晖：《读黄侃文〈缥秋华室说集〉——关于拜伦〈赞大海〉等三译诗的辨析》，载《外国文学研究》，1994 年第 3 期。

182. 周锡生：《比诗更伟大的壮举——纪念拜伦逝世 159 周年》，载《世界知识》，1983 年第 8 期。

183. 周昕：《评〈哀希腊〉的音韵美》，载《江汉大学学报（人文科学版）》，2003 年第 1 期。

184. 周一兵：《拜伦的意大利情人》，载《世界文化》，1996 年第 3 期。

185. 周钰良：《读查译本〈唐璜〉》，载《读书》，1981 年第 06 期。

186. 祝茵:《傅东华对〈曼弗雷德〉中超自然元素的翻译》,载《云南大学学报（社会科学版）》,2013 年第 1 期。

187. 祝远德:《滑铁卢、威尼斯的沉思 自觉创作的新起点——读拜伦〈恰尔德·哈洛尔德游记〉第三、四章》,载《广西师范大学学报（哲学社会科学版）》,1988 年第 1 期。

188. 左金梅:《从"怪异"理论看拜伦的〈唐璜〉》,载《四川外语学院学报》,2007 年第 1 期。

二、英文部分

（一）博士学位论文

1. Cheng, Mai-Lin Li. "Marginal Stories: British Romanticism and the Genres of Human Interest" . Ph. D. diss., University of California, 2006.

2. Claridge, Laura P.. "Discourse of Desire: The Paradox of Romantic Poetry". Ph. D. diss., University of Maryland, 1985.

3. Elfenbein, Andrew. "Byron, Byronism, and the Victorians". Ph. D. diss., Yale University, 1991.

4. Fisher, Eric Marshal. "Seductive Writers, Curious Readers: Literary Celebrity in British Romantic Poetry" . Ph. D. diss., Harvard University, 2003.

5. Fuess, Claude M.. "Lord Byron as a Satirist in Verse". Ph. D. diss., Columbia University Press, 1912.

6. Gray, Erik Irving. "The Poetry of Indifference from the Romantics to the Rubáiyát". Ph. D. diss., Princeton University, 2000.

7. Gu, Yao. "Byron's Don Juan and Nationalism". Ph. D. diss., The Chinese University of Hong Kong, 2010.

8. Hammerman, Robin S.. "Coleridge, Byron and the Romantic Statesman" . Ph. D. diss., Drew University, 2004.

9. Havard, John Owen. "Literature and the Party System in Britain, 1760-1830" . Ph. D. diss., The University of Chicago, 2013.

10. Insalaco, Danielle. "Importing Italy: Representations of Italian History in Britain, 1790-1830" . Ph. D. diss., New York University, 2003.

11. Johnston, Richard Rutherford. "Romanticism and Mortal Consciousness". Ph.

D. diss., Harvard University, 2013.

12. Kolkey, Jason I.. "Pirates of Romanticism: Intellectual Property Ideology and the Birth of British Romanticism". Ph. D. diss., Loyola University of Chicago, 2014.

13. Lokash, Jennifer Faith. "In Sickness and in Health: Romantic Art Therapy and the Return to Nature". Ph. D. diss., McGill University, 2002.

14. Lounibos, Mark. "Dissenting Subjects". Ph. D. diss., University of Wisconsin-Madison, 2010.

15. Mazzeo, Tilar Jenon. "Producing the Romantic 'Literary': Travel Literature, Plagiarism, and the Italian Shelley/ Byron Circle". Ph. D. diss., University of Washington, 1999.

16. Merewether, John A.. "'The Burning Chain' ——The Paradoxical Nature of Love and Women in Byron's Poetry". Ph. D diss., Wayne State University, 1969.

17. Millstein, Denise Tischler. "Byron and 'Scribbling Women': Lady Caroline Lamb, the Bronte Sisters, and George Eliot". Ph. D. diss., Louisiana State University, 2007.

18. Mozer, Hadley J.. "Don Juan and the Advertising and Advertised Lord Byron". Ph. D. diss., Baylor University, 2003.

19. Park, Jae Young. "Byron's Don Juan: Forms of Publication, Meanings, and Money". Ph. D. diss., Texas A&M University, 2011.

20. Pitha, J. Jakub. "Narrative Theory and Romantic Poetry". Ph. D. diss., University of Carolina, 1999.

21. Robbins, Dow Alexander. "Ideal Communities of the British Romantics" . Ph. D. diss., University of California, 2005.

22. Rohrbach, Emily. "Historiography of the Subject in Austen, Keats, and Byron". Ph. D. diss., Boston University, 2007.

23. Ruppert, Timothy. "'Is not the Past All Shadow?': History and Vision in Byron, the Shelleys, and Keats". Ph. D. diss., McAnulty College, 2008.

24. Sessler, Randall. "A Medial History of Romanticism: Print and Performance in Britain, 1790-1820". Ph. D. diss., New York University, 2015.

25. Sha, Richard Chih-Tung. "The Visual and Verbal Sketch in British Romanticism".

Ph. D. diss., The University of Texas at Austin, 1992.

26. Sultana, Fehmida. "Romantic Orientalism and Islam: Southey, Shelley, Moore, and Byron". Ph. D. diss., Tufts University, 1989.

27. Taylor, Susan Beth. "Ruining Oppositions: Orientalism and the Construction of Empire in British Romanticism". Ph. D. diss., Brown University, 1993.

28. Warren, Andrew Benjamin. "Populous Solitudes: The Orient and the Young Romantics". Ph. D. diss., University of California, 2009.

（二）硕士学位论文

1. Hartman, Susan Emily. "The Dramatic Construction and Stage Value of Lord Byron's Dramas". M. A. diss., University of Nebraska, 1918.

2. He, Zheng. "A Reviewed Life in a Reviving Culture: The Chinese Reception of Byron in *The Short Story Magazine* in 1924". M. A. diss., The University of Iowa, 2012.

3. Hodges, Amy Michelle. "Ghostly Gothic Individuals: Reading and Romantic Communities in Austen, Byron, and Scott". M. A. diss., University of Arkansas, 2007.

4. Kang, Gina. "The Death of Women in Wordsworth, Byron, and Poe". M. A. diss., East California University, 2010.

5. Parker, Melanie J.. "Byron and 'The Barbarous……Middle Age of Man': Youth, Aging, and Midlife in Don Juan". M. A. diss., The University of Denver, 2010.

6. Putnam, Christina Ann. "Inheritance of Storms: The Early Tears of Lord Byron". M. A. diss., Stephen F. Austin State University, 1984.

7. Schmiesing, Stacey. "*Sardanapalus* and Gender: Examining Gender in the Works of Byron and Delacroix". M. A. diss., The University of Wisconsin Milwaukee, 2015.

（三）论著／译著

1. Abrams, M. H. and Harpham, Geoffrey Galt ed.. *A Glossary of Literary Terms* (Tenth Edition), Boston: Wadsworth Gengage Learning, 2012.

2. Abrams, M. H.. *Natural Supernaturalism: Tradition and Revolution in*

Romantic Literature. New York and London: W. W. Norton & Company, 1971.

3. Abrams, M. H.. *The Mirror and the Lamp: Romantic Theory and the Critical Tradition*, London, Oxford, New York: Oxford University Press, 1953.

4. Abrams, M. H. ed.. *English Romantic Poets: Modern Essays in Criticism*, London, Oxford, New York: Oxford University Press, 1975.

5. Austin, James C.. *Fields of the Atlantic Monthly: Letters to an Editor 1861-1870*, San Marino: The Huntington Library, 1953.

6. Baker, Carlos. *The Echoing Green: Romanticism, Modernism, and the Phenomena of Transference in Poetry*.   Princeton, NJ: Princeton University Press, 1984.

7. Baker, Samuel. *Written on the Water: British Romanticism and the Maritime Empire of Culture*, Charlottesville and London: University of Virginia Press, 2010.

8. Batten, Guinn. *The Orphaned Imagination: Melancholy and Commodity Culture in English Romanticism*, Durham: Duke University Press, 1998.

9. Beatty, Bernard, and Howe, Tony, and Robinson, Charles E.. Ed.. *Liberty and Poetic Licence: New Essays on Byron*, Liverpool: Liverpool University Press, 2008.

10. Beckett, John and Aley, Sheila. *Byron and Newstead: The Aristocrat and the Abbey*, Cranbury: University of Delaware Press, 2002.

11. Bennett, Andrew. *Romantic Poets and the Culture of Posterity*, Cambridge: Cambridge University Press, 2001.

12. Bevis, Matthew. *The Art of Eloquence: Byron, Dickens, Tennyson, Joyce*, Oxford: Oxford University Press, 2007.

13. Blessington. *Conversations of Lord Byron with the Countess of Blessington*, London: Henry Colburn 1850.

14. Bloom, Harold ed. *Bloom's Classic Critical Views: George Goegon*, Lord Byron. New York: Infobase Publishing, 2009.

15. Bloom, Harold. *The Visionary Company: A Reading of English Romantic Poetry*, New York: Doubleday & Company, Inc., 1961.

16. Bloom, Harold. *The Western Canon: The Books and School of the Ages*, New York, San Diego, London: Harcourt Brace & Company, 1994.

17. Bogel, Fredric V.. *The Difference Satire Makes: Rhetoric and Reading from Johnson to Byron*, Ithaca, New York: Cornell University Press, 2001.

18. Borst, William A.. *Lord Byron's First Pilgrimage 1808-1811*, New Heaven: Yale University Press, 1948.

19. Bradshaw, Michael ed., *Disabling Romanticism: Body, Mind, and Text*, London: Macmillan Publisher Ltd., 2016.

20. Brennan, Matthew C.. *The Gothic Psyche: Distinction and Growth in Nineteenth-Century English Literature*, Columbia: Camden House, 1998.

21. Burke, Kenneth. *The Philosophy of Literary Form: Studies in Symbolic Action*. 3rd ed. Berkeley: University of California Press, 1973.

22. Byron. *Childe Harold's Pilgrimage*. London: John Murray, 1870.

23. Byron. *Don Juan*, Boston: Phillips, Sampson, and Company, 1858.

24. Byron. *The Deformed Transformed: A Drama*, London: C. H. Reynell, 1824.

25. Caroline Franklin. *Byron's Heroines*, Oxford: Oxford University Press, 1992.

26. Chandler, James and McLane, Maureen N.. *The Cambridge Companion to British Romantic Poetry*, Cambridge: Cambridge University Press, 2008.

27. Charles, Rosen. *Romantic Poets, Critics, and Other Madmen*, Cambridge: Harvard University Press, 1998.

28. Cheeke, Stephen. *Byron and Place: History, Translation, Nostalgia*, Basingstoke and New York: Palgrave, 2003.

29. Chew, Samuel C.. *The Dramas of Lord Byron: A Critical Study*, Baltimore: The Johns Hopkins Press, 1915.

30. Christensen, Jerome. *Lord Byron's Strength: Romantic Writing and Commercial Society*, Baltimore: The Johns Hopkins University Press, 1992.

31. Christiansen, Rupert. *Romantic Affinities: Portraits From an Age, 1780–1830*, New York: Random House, 2004.

32. Clair, William St. *The Reading Nation in the Romantic Period*, Cambridge: Cambridge University Press, 2004.

33. Cochran, Peter ed. *Byron and Orientalism*, Newcastle: Cambridge Scholars

Press, 2006.

34. Cochran, Peter ed.. *Byron at the Theatre*, Newcastle: Cambridge Scholars Publishing, 2008.

35. Coleridge, Ernest H. ed. *The Works of Lord Byron: Poetry,* Volume II, London: John Murray, 1904.

36. Culler, Jonathan. *Structuralist Poetics: Structuralism, Linguistics and the Study of Literature*. Ithaca, New York: Cornell University Press, 1975.

37. Davis, Lennard J. ed.. *The Disability Studies Reader*, New York: Taylor & Francis Group, 2006.

38. Davison, Carol Margaret. *Gothic Literature 1764-1824*, Cardiff: University of Wales Press, 2009.

39. Donelan, Charles. *Romanticism and Male Fantasy in Byron's Don Juan: A Marketable Vice*, Basingstoke: Macmillan, 2000.

40. Douglas, David, ed. *The Journal of Sir Walter Scott: from the Original Manuscript at Abbotsford*. New York: Cambridge University Press, 1891.

41. Douglass, Paul. *Lady Caroline Lamb: A Biography*, New York: Palgrave, 2004.

42. Dyer, Gary. *British Satire and the Politics of Style, 1789-1832*, Cambridge, New York, and Melbourne: Cambridge University Press, 1997.

43. Eisler, Benita. *Byron: Child of Passion, Fool of Fame*, New York: Random House, inc., 1999.

44. Elfenbein, Andrew. *Byron and the Victorians*, Cambridge, New York, and Melbourne: Cambridge University Press, 1995.

45. Eliot, T. S.. *On Poetry and Poets*, New York: Noonday, 1964.

46. Elledge, W Paul. *Byron and the Dynamics of Metaphor*, Nashville: Vanderbit University Press, 1968.

47. Elledge, W Paul. *Lord Byron at Harrow School: Speaking Out, Talking Back, Acting Up, Bowing Out*, Baltimore and London: The Johns Hopkins University Press, 2000.

48. Elze, Karl. *Lord Byron: A Biography, with a Critical Essay on His Place in Literature*, London: John Murray, 1872.

49. Esterhammer, Angela. *Romanticism and Improvisation, 1750-1850*, Cambridge:

Cambridge University Press, 2008.

50. Franklin, Caroline. *Byron*. Abingdon: Routledge, 2007.

51. French, Boyd Elizabeth. *Byron's Don Juan: a Critical Study*. New York: The Humanities Press, 1958.

52. Garber, Frederick. *Self, Text, and Romantic Irony: The Example of Byron*, Princeton: Princeton University Press, 1988.

53. Gleckner, Robert F.. *Byron and the Ruins of Paradise*, Baltimore: Johns Hokins University Press, 1968.

54. Goethe, J. W. and Eckermann, J. P. and Soret, F. J.. *Conversations of Goethe with Eckermann and Soret*, Vol. 1. Trans. John Oxenford. London: Smith, Elder. 1850.

55. Gordon, Cosmo. *The Life and Genius of Lord Byron*, Paris: Del'impreimerie de Rignoux, 1824.

56. Graham, Peter W.. *Don Juan and Regency England*. Charlottesville: UP of Virginia, 1990.

57. Graham, Peter W. ed. *Byron's Bulldog: The Letters of John Cam Hobhouse to Lord Byron*, Columbus: Ohio State University Press, 1984.

58. Griersox, H. J. C.. *Lord Byron: Arnold and Swinburne*, London: H. Milford, 1921.

59. Guiccioli, Teresa. *My Recollections of Lord Byron; and Those of Eye-witness of His Life*, Hubert Edward Henry Jerningham Trans. New York: Harper & Brothers, 1869.

60. Hagelman, Charles W. Jr. and Barnes, Robert J. eds. *A Concordance to Byron's Don Juan*, New York: Cornell University Press, 1967.

61. Hartman, Geoffrey H.. *The Unremarkable Wordsworth*, Minneapolis: University of Minnesota Press, 1987.

62. Hill, Alan G. ed.. *Letters of William Wordsworth: A New Selection*, Oxford: Clarendon Press, 1984.

63. Hofkosh, Sonia. *Sexual Politics and the Romantic Author*, Cambridge: Cambridge University Press, 1998.

64. Hunt, Leigh. *Lord Byron and His Contemporaries; with Recollections of the*

Author's Life, and of his Visit to Italy, Philadelphia: Carey, Lea, & Carey, 1829.

65. Jackson, Emily A. Bernhard. *The Development of Byron's Philosophy of Knowledge: Certain in Uncertainty*, Basingstoke: Palgrave Macmillan, 2010.

66. Jenkins, Elizabeth. *Lady Caroline Lamb*. London: Victor Gollancz, 1932.

67. Joseph, Michael K.. *Byron the Poet*, London: Victor Gollancz, 1964.

68. Keach, William. *Arbitrary Power: Romanticism, Language*, Politics, Princeton: Princeton University Press, 2004.

69. Knight, G. Wilson. *Byron and Shakespeare*, New York: Barnes and Noble, 1966.

70. Knight, G. Wilson. *Lord Byron: Christian Virtues*, London: Routledge & Kegan, 1952.

71. Knight, G. Wilson. *Lord Byron's Marriage: The Evidence of Asterisks*, London: Routledge and Kegan Paul, 1957.

72. Larrissy, Edward. *The Blind and Blindness in Literature of the Romantic Period*, Edinburgh: Edinburgh University Press, 2007.

73. Larrissy, Edward. *Yeats the Poet: The Measures of Difference.* New York and London: Harvester Wheatsheaf, 1994.

74. Lessenich, Rolf P.. *Lord Byron and the Nature of Man*, KÖln u. Wien: BÖhlau, 1978.

75. Lovell, Ernest James. *Byron, the Record of a Quest: Studies in a Poet's Concept and Treatment of Nature.* Austin: University of Texas Press, 1949.

76. Lovell, Ernest James. *His Very Self and Voice: Collected Conversations of Lord Byron*, 1954.

77. Lovell, Ernest James Ed.. *Lady Blessington's Conversations of Lord Byron*, Princeton: University Press, 1969.

78. Low, Donald ed.. *Byron: Selected Poetry and Prose*, London and New York: Routledge, 1995.

79. Mahoney, Charles ed.. *A Companion to Romantic Poetry*, Malden: Wiley-Blackwell, 2011.

80. Man, Paul de. *Allegories of Reading: Figural Language in Rousseau, Nietzsche, Rilke, and Proust*, New Heaven and London: Yale University Press, 1979.

81. Marchand, Leslie A.. *Byron's Poetry: a Critical Introduction.* Cambridge, Massachusetts: Harvard University Press. 1968.

82. Marchand, Leslie A. ed.. *Byron's Letters and Journals* (Three Volums), Cambridge, Mass: Harvard University Press, 1973.

83. Marchand, Leslie A. ed.. *Lord Byron: Selected Letters and Journals*, London: John Murray, 1983.

84. Marshall, William H., *The Structure of Byron's Major Poems*, Philadelphia: University of Pennsylvania Press, 1974.

85. Mayne, Ethel Colburn. *A New Life of Byron*, New York: Charles Scribner's Son's, 1912.

86. Mazzeo, Tilar J.. *Plagiarism and Literary Property in the Romantic Period*, Philadelphia: University of Pennsylvania Press, 2007.

87. McConnell, Frank D. selected and edited. *Byron's Poetry: Authoritative Texts, Letters and Journals, Criticism, Images of Byron*, New York and London: W. W. Norton & Company, 1978.

88. McGann, Jerome J.. *A New Republic of Letters: Memory and Scholarship in the Age of Digital Reproduction*, Cambridge: Harvard University Press, 2014.

89. McGann, Jerome J.. *Byron and Romanticism*, James Soderholm ed., Cambridge: Cambridge University Press, 2002.

90. McGann, Jerome J.. *Don Juan in Context*, Chicago: University of Chicago Press, 1976.

91. McGann, Jerome J.. *Fiery Dust: Byron's Poetic Development*, Chicago and London: University of Chicago Press, 1969.

92. McgGann, Jerome J. ed.. Lord Byron: *The Complete Poetical Works*, Oxford: Oxford University Press, 1986.

93. McGann, Jerome J.. *Fiery Dust: Byron's Poetic Development*, Chicago and London: Chicago University Press, 1968.

94. McGann, Jerome J.. *Radiant Textuality: Literature after the World Wide Web*, New York: Palgrave, 2001.

95. McGann, Jerome J.. *The Point is to Change It: Poetry and Criticism in the Continuing Present*. Tuscaloosa: The University of Alabama Press, 2007.

96. McGann, Jerome J.. *The Romantic Ideology: A Critical Investigation*, Chicago and London: The University of Chicago Press, 1983.

97. McGann, Jerome J.. *The Scholar's Art: Literary Studies in a Managed World*, Chicago and London: University of Chicago Press, 2006.

98. Medwin, Thomas. *Journal of the Conversations of Lord Byron: Noted during a Residence with His Lordship at Pisa, in the Years 1821 and 1822, 1824*, London: S. and R.. 1824.

99. Meisei, Martin. *Realizations: Narrative, Pictorial, and Theatrical Arts in Nineteenth-Century England*, Princeton: Princeton University Press, 1983.

100. Mole, Tom. *Byron's Romantics Celebrity: Industrial Culture and the Hermeneutic of Intimacy,* Basingstoke: Palgrave Macmillan, 2007.

101. Moore, Thomas and Scott, Walter etc. ed. *The Complete Works of Lord Byron*, Paris: A and W. Galignani and Co., 1835.

102. Moore, Thomas. *Letters and Journals of Lord Byron: With Notice of His Life.* Paris: J. Smith, 1831.

103. Nicholson, Andrew. *Lord Byron: The Complete Miscellaneous Prose*, Oeford: Clarendon Press, 1991.

104. Noel, Roden. *Life of Lord Byron*, London: Walter Scott, 1890.

105. North, Julian. *The Domestication of Genius: Biography and Romantic Poet*, New York: Oxford University Press, 2009.

106. O'Connell, Mary. *Byron and John Murray: A Poet and His Publisher*, Liverpool: Liverpool University Press, 2014.

107. Peer, Larry H. and Hoeveler, Diane Long. *Romanticosm: Comparative Discourse*, Aldershot, Hants: Ashgate, 2006.

108. Pinion, F. B.. *A Jane Austen Companion: A Critical Survey and Reference Book.* London and Basingstoke: Macmillan, 1973.

109. Plotz, John. *The Crowd: British Literature and Public Politics*, Berkeley: University of California Press, 2000.

110. Pratt, Willis W.. *Byron at Southwell: The Making of a Poet with New Poems and Letters from the Rare Books Collections of the University of Texas*, Austin, Texas: University of Texas, 1948.

111. Rajan, Tilottama and Wright, Julia M. ed.. *Romanticism, History, and the Possibilities of Genre: Re-forming Literature, 1789-1837*, Cambridge: Cambridge University Press, 1998.

112. Redpath, Theodore. *The Young Romantics and Critical Opinion 1807-1824*, London: Harrap, 1973.

113. Reiman, Donald H. ed., *The Romantics Reviewed: Contemporary Reviews of British Romantic Writers*, 3 parts. New York: Garland, 1972. part B, vol. 2.

114. Ridenour, George M.. *The Style of Don Juan*, New Heaven: Yale University Press, 1960.

115. Robertson, Richard. *Mock-Epic Poetry: From Pope to Heine*, Oxford: Oxford University Press, 2009.

116. Robinson, Charles E. ed.. *Lord Byron and His Contemporaries: Essays from the Six International Byron Seminar*, Newark and East Brunswick, New Jersey: University of Delaware Press, 1982.

117. Roessel, David. *In Byron's Shadow: Modern Greece in the English and American Imagination*, New York: Oxford University Press, 2001.

118. Rosen, F.. *Bentham, Byron, and Greece: Constitutionalism, Nationalism, and Early Liberal Political Thought*, New York: Clarsendon Press of Oxford University Press, 1992.

119. Russell, John ed.. *Memoirs, Journal, and Correspondence of Thomas Moore*, 1853-1856, 8 vols, Boston: Little, Brown and Co., 2013.

120. Russett, Margaret. *Fictions and Fakes: Forging Romantic Authenticity, 1760-1845*, Cambridge: Cambridge University Press, 2006.

121. Rutherford, Andrew. *Byron: A Critical Study*, Edinburgh: Oliver and Boyd, 1961.

122. Rutherford, Andrew ed.. *Byron: The Critical Heritage,* London: Routledge and Kegan Paul, 1970.

123. Ryan, Robert M.. *The Romantic Reformation: Religious Politics in English Literature, 1789-1824*, Cambridge: Cambridge University Press, 1997.

124. Said, Edward W.. *Orientalism*, New York: Vintage Books, 1978.

125. Sandahl, Carrie and Auslander, Philip ed., *Bodies in Commotion: Disability &*

Performance, Ann Arbor: The University of Michigan Press, 2005.

126. Santucho, Oscar José. *George Gordon, Lord Byron: A Comprehensive Bibliography of Secondary Materials in English, 1807-1975,* Metuchen: Scarecrow, 1977.

127. Saunders, Kate. *Lord Byron's Jackal,* London, England: New Statesman, 1996.

128. Schiffer, Reinhold. *Oriental Panorama: British Travellers in Nineteenth-Century Turkeys,* Amsterdan and Atlanta: Editions Rodopi, 1999.

129. Sha, Richard C.. *Perverse Romanticism: Aesthetics and Sexuality in Britain, 1750-1832,* Baltimore: Johns Hopkins University Press, 2009.

130. Sigler, David. *Sexual Enjoyment in British Romanticism: Gender and Psychoanalysis, 1753-1835,* Montreal: McGill-Queen's University Press, 2015.

131. Simpson, Eric. *Literary Minstrelsy, 1770-1830: Minstrels and Improvisers in British, Irish, and American Literature,* Basingstoke and New York: Palgrave Macmillan, 2008.

132. Simpson, Michael. *Closet Performance: Political Exhibition and Prohibition in the Dramas of Byron and Shelley,* Stanford, Calif: Stanford University Press, 1998.

134. Stabler, Jane. *Burke to Byron, Barbauld to Baillie, 1790-1830,* Basingstoke and New York: Palgrave, 2001.

135. Stabler, Jane. *Byron, Poetics and History,* Cambridge: Cambridge University Press, 2002.

136. Stauffer, Andrew M.. *Anger, Revolution, and Romanticism,* Cambridge: Cambridge University Press, 2005.

137. Steffan, T. G.. *Byron's Cain: Twelve Essays and a Text with Variants and Annotations,* Austin and London: University of Texas Press, 1969.

138. Steffan, T. G., Steffan E., and Pratt W. W. ed.. *Lord Byron: Don Juan,* Harmondsworth, Middlesex: Penguin Books Ltd., 1973.

139. Stocking, Marion Kingston and Stocking, David Mackenzie. *The Journal of Claire Clairmont, 1814-1827,* Cambridge, Mass.: Harvard University Press, 1969.

140. Storey Mark. *Byron and the Eye of Appetite,* Basingstoke and London: Macmillan, 1986.

141. Strout, Alan Lang ed.. *John Bull's Letter to Lord Byron,* Norman: University of Oklahoma, 1947.

142. Super, R. H. ed.. *The Complete Prose Works of Matthew Arnold,* 11 vols. Ann Arbor: University of Michigan Press, 1960, Vol. 9.

143. Thompson, Carl. *The Suffering Traveller and the Romantic Imagination,* Oxford: Clarendon Press, 2007.

144. Thorslev, Peter L.. *The Byronic Hero: Types and Prototypes,* Minneapolis: University of Minnesota Press, 1962.

145. Trelawny, E. J.. *Recollections of the Last Days of Shelley and Byron,* London: Edward Moxon, 1858.

146. Tretiak, Andrzej. *A Polish View of Byron,* Poznan: Wydawnictwo Polskie, 1931.

147. Trueblood, Paul G.. *Lord Byron,* New York: Twayne, 1969.

148. Tuite, Clara. *Lord Byron and Scandalous Celebrity,* Cambridge: Cambridge University Press, 2015.

149. Vail, Jeffery W., *The Literary Relationship of Lord Byron and Thomas Moore,* Baltimore and London: The John Hopkins University Press, 2001.

150. Wade, Allan ed. *The Letters of W. B. Yeats.* London: Rupert Hart-Davis, 1954.

151. West, Paul. *Lord Byron's Doctor: A Novel,* Chicago: University of Chicago Press, 1991.

152. Wilson, Forrest, *Crusader in Crinoline: The Life of Harriet Beecher Stowe.* Philadelphia: J. B. Lippincott Company, 1941.

153. Wilson, Frances ed.. *Byromania: Portraits of the Artist in Nineteenth- and Twentieth Century Culture,* Basingstoke: Macmillan, 1999.

154. Wolfson, Susan J.. *Romantic Interactions: Social Being and the Turns of Literary Action,* Baltimore: Johns Hopkins University Press, 2010.

155. Wolfson, Susan J.. *The Shiftings of Gender in British Romanticism,* Stanford: Stanford University Press, 2006.

156. Wood, Nigel. *Don Juan,* Theory in Practices Series, Buckingham and Philadelphia, Pa.: Open University Press, 1973.

157. Wootton, Sarah. *Byronic Heroes in Nineteenth-Century Women's Writing and Screen Adaptation,* Hampshire, New York: Palgrave Macmillan, 2016.

158. Worthworth, William. *Prose Works,* ed. W. J. B. Owen and J. Smyser, Oxford: Oxford University Press, 1974, 3 vols, vol. 1.

159. Wright, Paul ed.. *Selected Poems of Lord Byron,* Hertfordshire: Wordsworth Editions Limited, 1995.

160. Yeats, W. B.. *Essays and Introductions.* London: Macmillan, 1961.

161. Youngquist, Paul. *Monstrosities: Bodies and British Romanticism,* Minneapolis: University of Minnesota Press, 2003.

（四）期刊文章

1. Aberbach, David. "Byron to D'Annunzio: from Liberalism to Fascism in National Poetry, 1815-1920", *Nations and Nationalism*, Vol.14, No.3 (2008): 478-497.

2. Addison, Catherine. "'Elysian and Effeminate': Byron's The Island as a Revisionary Text", *Studies in English Literature*, 1500-1900, Vol. 35, No. 4, Nineteenth Century, (1995): 687-706.

3. Ades, John I.. "An ingenious jest in Byron's Don Juan", *Papers on Language & Literature*, Vol. 24, Issue 4 (1988): 446-447.

4. Alfrey, Nicholas. "A Voyage Pittoresque: Byron, Turner and Childe Harold", *Culture, Theory and Critique*, Vol.32, No. 1 (1988): 108-127.

5. Anderson, Jaynie. "Byron's '*Tempesta*', *The Burlington Magazine*, Vol. 136, No. 1094 (1994): 316.

6. Anonymous. "Lord Byron as a Litterateur". *The Aldine Press.* 3(1869): 20-21.

7. Anonymous. "Trelawny on Byron", *Cosmopolitan Art Journal*, Vol. 2, No. 2/3 (1858): 113-115.

8. Ashton, Thomas L.. "Byronic Lyrics or David's Harp: The Hebrew Melodies", *Studies in English Literature*, 1500-1900, Vol. 12, No. 4, Nineteenth Century (1972): 665-681.

9. Ashton, Thomas L.. "Marino Faliero: Byron's 'Poetry of Politics'", *Studies in Romanticism*, Vol. 13, No. 1 (1974): 1-13.

10. Ashton, Thomas L.. "The Censorship of Byron's *Marino Faliero, Huntington*

Library Quarterly, Vol. 36, No. 1 (1972): 27-44.

11. Atkins, Elizabeth. "Points of Contact between Byron and Socrates", *PMLA*, Vol. 41, No. 2 (1926): 402-423.

12. Aycock, Roy E.. "Lord Byron and Bayle's 'Dictionary'". *The Yearbook of English Studies*, Vol. 5 (1975): 142-152.

13. Baender, Paul. "Mark Twain and the Byron Scandal", *American Literature*, Vol. 30, No. 4 (1959): 467-485.

14. Bandy, W. T.. "The First Printing of Byron's Stanzas on the Death of the Duke of Dorset, *The Modern Language Review*, Vol. 44, No. 1 (1949): 93-94.

15. Barker, Kathleen M. D.. The First English Performance of Byron's *Werner,* Modern Philosophy, Vol. 66, No. 4, 1969: 342-344.

16. Bari, Shahidha. "Listen for Leila: The Re-direction of Desire in Byron's *The Giaour*", *European Romantic Review*, Vol. 24, No. 6 (2013): 699-721.

17. Barton, John. "Byron's *Cain* at the Barbican Centre, London: (29th November 1995 to 7th March 1996)", *European Romantic Review*, Vol. 8, No. 1 (1997): 41-46.

18. Basler, Roy P.. "The Publication Date, and Source of Byron's 'Translation of a Romaic Love Song'", *Modern Language Notes*, Vol. 52, No. 7 (1937): 503.

19. Bauer, N. Stephen. "Byron's Doubting *Cain*"*, South Atlantic Bulletin*, Vol. 39, No. 2 (1974): 80-88.

20. Beaty, Frederick L.. *Byron the Satirist*, Dekalb: Northern Illinois University Press, 1985.

21. Beaty, Frederick L.. "Byron and the Story of Francesca da Rimini". *PMLA*, Vol. 75, No. 4 (1960): 395-401.

22. Beaty, Frederick L.. "Byron's Longbow and Strongbow", *Studies in English Literature*, 1500-1900, Vol. 12, No. 4, Nineteenth Century (1972): 653-663.

23. Benton, Michael. "Towards a Poetics of Literary Biography", *The Journal of Aesthetical Education*, Vol. 45, No. 3 (2011): 67-87.

24. Beshero-Bondar, Elisa E.. "Romancing the Pacific Isles before Byron: Music, Sex, and Death in Mitford's *Christina*", *ELH*, Vol. 76, No. 2 (2009): 277-308.

25. Bethea, David. "Whose Mind is This Anyway?: Influence, Intertextuality, and

the Boundaries of Legitimate Scholars". *The Slavic and East European Journal*, Vol. 49, No. 1 (2005): 2-17.

26. Blackstone, Bernard. "Byron's Greek Canto: The Anatomy of Freedom", *The Year Book of English Studies*, Vol. 4 (1974): 172-789.

27. Bogg, Richard A. and Ray, Janet M.. "Byronic Heroes in American Popular Culture: Might They Adversely Affect Mate Choices?", *Deviant Behavior*, Vol. 23, No. 3 (2002): 203-233.

28. Booth, Bradford A.. "Moore to Hobhouse: Am Unpublished Letter", *Modern Language Notes*, Vol. 55, No. 1 (1940): 42-45.

29. Bordoni, Silvia. "From Madame de Staël to Lord Byron: The Dialectics of European Romanticism", *Literature Compass*, Vol.4, No. 1 (2006): 134-149.

30. Bostetter, Edward E.. "Byron and the Politics of Paradise", *PMLA*, Vol. 75, No. 5 (1960): 571-576.

31. Brantley, Richard E.. "Christianity and romanticism: a dialectical review", *Christianity & Literature*, Vol. 48, Issue 3 (1999): 349-366.

32. Brisman, Leslie. "Byron: Troubled Stream from a Pure Source", *ELH*, Vol. 42, No. 4 (1975): 623-650.

33. Brogan, Howard O.. "Byron So Full of Fun, Frolic, Wit, and Whim", *Huntington Library Quarterly*, Vol. 37, No. 2 (1974), pp.171-189.

34. Brown, Helen. "The Influence of Byron on Emily Brontë". *The Modern Language Review*, Vol. 34, No. 3 (1939): 374-381.

35. Brown, W. N.. "Lord Byron and the Borderland of Genius and Insanity", *Medical world*, Vol.77, No. 4 (1952): 96-98.

36. Brown, Wallace Cable. "Byron and English Interest in the Near East", *Studies in Philosophy*, Vol. 34, No. 1 (1937): 55-64.

37. Browne, Denis. "The Problem of Byron's Lameness", *Proceedings of the Royal Society of Medicine*, Vol. 53, No. 6 (1960): 440-442.

38. Bruce, J. Douglas. "Lord Byron's Stanzas to the Po", *Modern Language Notes*, Vol. 24, No. 8 (1909): 258-259.

39. Bruce, J. Douglas. "Lord Byron's Stanzas to the Po Again", *Modern Language Notes*, Vol. 25, No. 1 (1910): 31-32.

40. Bruffee, Kenneth A.. "The Synthetic Hero and the Narrative Structure of Childe Harold III", *Studies in English Literature*, 1500-1900, Vol. 6, No. 4, Nineteenth Century (1966): 669-678.

41. Brydges, Egerton and Jones, W. Pawell. "Sir Egerton Brydges on Lord Byron", *Huntington Library Quarterly*, Vol. 13, No.3 (1950): 325-337.

42. Buell, Llewellyn M.. "Byron and Shelley". *Modern Language Notes*, Vol. 32, No. 5 (1917): 312-313.

43. Burkett, Andrew. "Photographing Byron's Hand", *European Romantic Review*, Vol.26, No. 2 (2015): 129-148.

44. Butler, Maria Hogan. "An Examination of Byron's Revision of 'Manfred',' Act III, *Studies in Philosophy*, Vol. 60, No. 4 (1963): 627-636.

45. Buzard, James. "The Uses of Romanticism: Byron and the Victorian Continental Tour", *Victorian Studies*, , Vol. 35, No. 1(1991): 29-49.

46. Callaghan, Madeleine. "Forms of Conflict: Byron's Influence on Yeats". *English*, Vol. 64, No.245 (2015): 81-98.

47. Cameron, H. Charles and Camb., M. D. and Lond., F. R. C. P.. "The Mystery of Lord Byron's Lameness", *The Lancet*, March 31, 1923.

48. Cannon, Garland. "Turkish and Persian Loans in English Literature", *Neophilologus*, Vol. 84, No. 2 (2000): 285-307.

49. Cantor, Paul A.. "The Politics of the Epic: Wordsworth, Byron, and the Romantic Redefinition of Heroism", *The Review of Politics*, Vol. 69, No. 3 (2007): 375-401.

50. Cardwell, Richard A.. "Byron: Text and Counter-Text", *Culture, Theory and Critique*, Vol.32, No. 1 (1988): 6-23.

51. Cash, John. "From Cleland to Byron: The Unexpected British Version of Italian Art". *Journal for Eighteenth-Century Studies*, Vol. 33, No. 2 (2010):181-194.

52. Celestin, R.. "Pathos and Pathology in the Life of Lord Byron", *West of England Medical Journal*, Vol.106, No. 4 (1991): 105-106.

53. Cheeke, Stephen. "Geo-History: Byron's Beginnings", *European Journal of English Studies*, Vol.6, No. 2 (2002): 131-142.

54. Chernaik, Judith and Burnett. "The Byron and Shelley Notebook in the Scrope

Davies Find", *The Review of English Studies*, New Series, Vol. 29, No. 113 (1978): 36-49.

55. Chew, Samuel C.. "Byron and Croly", *Modern Language Notes*, Vol. 28, No. 7 (1913): 201-203.

56. Chew, Samuel C.. "Did Byron Write a Farrago Libelli?", Modern Language Notes, Vol. 31, No. 5 (1916): 287-291.

57. Chew, Samuel C.. "The Centenary of *Don Juan*", *The American Journal of Philosophy*, Vol. 40, No. 2 (1919): 117-152.

58. Christensen, Jerome. Byron's Career: The Speculative Stage, *ELH*, Vol. 52, No. 1 (1985): 59-84.

59. Christie, William. "Going public: print lords Byron and Brougham", *Studies in Romanticism*, Vol. 38, Issue 3 (1999): 443-475.

60. Churchman, Philip H.. "Byron and Shakespeare", *Modern Language Notes*, Vol. 24, No. 4 (1909): 126-127.

61. Churchman, Philip H.. "Espronceda, Byron and Ossian", *Modern Language Notes*, Vol. 23, No. 1 (1908): 13-16.

62. Cocola, Jim. "Renunciations of Rhyme in Byron's *Don Juan*", *Studies in English Literature, 1500-1900*, Vol. 49, No. 4, The Nineteenth Century (2009): 841-862.

63. Cohen-Vrignaud, Gerard. "Byron and Oriental Love", *Nineteenth-Century Literature*, Vol. 68, No. 1 (2013): 1-32.

64. Cooke, M. G.. "The Restoration of Ethos of Byron's Classical Plays", *PMLA*, Vol. 79, No. 5 (1964): 569-578.

65. Cooligan, Colette. "The Unruly Copies of Don Juan", *Nineteenth-Century Literature*, Vol. 59, No. 4 (2005).

66. Cooper, Lane. "Notes on Byron and Shelley", *Modern Language Notes*, Vol. 23, No. 4 (1908): 118-119.

67. Corrigan, Beatrice. "The Byron-Hobhouse Translation of Pellico's 'Francesca'", *Italica*, Vol. 35, No. 4 (1958): 235-241.

68. Covino, William A.. "Blair, Byron, and the Psychology of Reading", *Rhetoric Society Quarterly*, Vol. 11, No. 4 (1981): 236-242.

69. Cross, Anthony. "English-A Serious Challenge to French in the Reign of Alexander I". *The Russian Review*, (74) 2015: 57-68.

70. Cust, Lionel. "Notes on Pictures in the Royal Collections-XXXI: On Some Portraits of Lord Byron II-The Bust by Thorwaldsen", *The Burlington Magazine for Connoisseurs*, Vol. 27, No. 146 (1915): 59-61+64-65.

71. Daghlian, Philip B.. "Byron's Observations on an Article in *Blackwood Magazine*". *The Review of English Studies*, Vol. 23, No. 90 (1947): 123-130.

72. Dallas, R. C.. *Recollections of the Life of Lord Byron, from the Year 1908 to the End of 1814*, London: William Clowes, 1824.

73. Dawson, C. M. and Raubitschek, A. E.. "A Greek Folksong Copied for Lord Byron", *The Journal of the American School of Classical Studies at Athens*, Vol. 14, No. 1 (1945): 33-57.

74. Dennis, Ian. "'I Shall Not Choose a Mortal to be My Mediator': Byron's *Manfred* and 'Internal Mediation'", *European Romantic Review*, Vol. 11, No. 1 (2000): 68-96.

75. Diakonova, Nina. "Byron and the evolution of Lermontov's poetry 1814-1841", *Culture, Theory and Critique*, Vol.32 , No. 1 (1988): 80-95.

76. Diakonova, Nina. "Byron's Prose and Byron's Poetry", *Studies in English Literature*, 1500-1900, Vol. 16, No.4, Nineteenth Century (1976): 547-561.

77. Diana, Cruceanu, Roxana. The Myth of the Commendatore in the Don Juan Legend and Its Reinterpretation in Byron's *Don Juan*", *Land Forces Academy Review*, Vol.19 No. 2 (2014): 168-175.

78. Donelan, Charles H.. "Mortality of the monosyllable: freedom and collective memory in Byron's 'that sort of writing'", *ANQ*, Vol. 6, Issue 2-3 (1993):114-121.

79. Douglass, Paul. "The Madness of Writing: Lady Caroline Lamb's Byronic Identity", *Pacific Coast Philosophy*, Vol. 34, No. 1 (1999): 53-71.

80. Douglass, Paul and March, Rosemary. "That 'Vital Spark of Genius': Lady Carloline Lamb's Writing before Byron". *Pacific Coast Philosophy*, Vol. 41 (2006): 43-62.

81. Douglass, Paul. "Playing Byron: Lady Carloline Lamb's *Glenarvon* and the

Music of Isaac Nathan", *European Romantic Review*, Vol. 8, No. 1 (1997): 1-24.

82. Douglass, Paul. "What Lord Byron Learned from Lady Caroline Lamb", *European Romantic Review*, Vol. 16, No. 3 (2005): 273-281.

83. Dowdenm, Wilfred S.. "A Jacobin Journal's View of Lord Byron". *Studies in Philosophy*. 1 (1951): 56-66.

84. Duffy, Edward. *Rousseau in England*, Berkeley: University of California Press, 1979.

85. Dyer, Gary. "Thieves, Boxers, Sodomites, Poets: Being Flash to Byron's *Don Juan*, *PMLA*, Vol. 116, No. 3 (2001): 562-578.

86. Earle, Bo. "Byronic Measures Enacting Lordship in *Childe Harold's Pilgrimage* and *Marino Faliero*, *ELH*, Vol. 75, No. 1 (2008): 1-26.

87. Eckert, Lindsey. "Lady Caroline Lamb Beyond Byron: Graham Hamilton, Female Authorship, and the Politics of Public Reputation", *European Romantic Review*, Vol. 26, No. 2 (2015): 149-163.

88. Eibel, P. "Lord Byron's Clubfoot", *Orthopaedic Review*, Vol.15, No. 3 (1986): 190-193.

89. Elfenbein, Andrew. "Byron and the Fantasy of Compensation", *European Romantic Review*, Vol. 12, No. 3 (2001): 276-283.

90. Elfenbein, Andrew. "Editor's Introduction: Byron and Disability", *European Romantic Review*, Vol. 12, No. 3, (2001): 247-248.

91. Eliot C. W. J.. "Gennadeion Notes IV: Lord Byron, Father Paul, and the Artist William Page", *The Journal of the American School of Classical Studies at Athens*, Vol. 44, No. 4 (1975): 409-425.

92. Eliot C. W. J.. "Lord Byron, Early Travelers, and the Monastery at Delphi", *American Journal of Archaeology*, Vol. 71, No. 3 (1967): 283-291.

93. Elledge, W Paul. "'Breaking Up Is Hard to Do': Byron's Julia and the Instabilities of Valediction", *South Atlantic Review*, Vol. 56, No. 2 (1991): 43-57.

94. Elledge, W Paul. "Byron and the Dissociative Imperative: The Example of *Don Juan 5*", *Studies in Philosophy*, Vol. 90, No. 3 (1993): 322-346.

95. Elledge, W Paul. "Byron's Harold at Sea", *Papers on Language and Literature*, Vol. 22, Issue 2 (1986). p.154-164.

96. Elledge, W Paul. "Chasms in Connections: Byron Ending (in) *Childe Harold Pilgrimage* 1 and 2", *ELH*, Vol. 62, No. 1 (1995): 121-148.

97. Elledge, W Paul. "Immaterialistic matters: Byron, bogles, and bluebloods", *Papers on Language & Literature*, Vol. 25, Issue 3 (1989): 272-281.

98. Elledge, W Paul. "Talking Through the Grate: Interdict and Mediation in Byron's Pilgrimage Canto 3", *Essays in Literature*, Vol. 21, Issue 2 (1994): 200-217.

99. Elliot, C. W. J.. "Gennadeion Notes, III: Athens in the Time of Lord Byron", *The Journal of the American School of Classical Studies at Athens*, Vol. 37, No. 2 (1968): 134-158.

100. Elliot, G. R.. "Byron and the Comic Spirit", *PMLA*, Vol. 39, No. 4 (1924): 897-909.

101. Elton, Oliver. "The Present Value of Byron", *The Review of English Studies*, Vol. 1, No. 1 (1925): 24-39.

102. Emily, Paterson-Morgan. "Boccaccio's De Claris Mulieribus as a Possible Additional Source for Byron's *Sardanapalus*: A Tragedy", *Notes and Queries*, Vol.62, No. 3 (2015): 404-407.

103. Emrys Jones. "Byron's Visions of Judgment", *Modern Language Review*, Vol. 76, No. 1 (1981): 1-19.

104. Erdman, David V.. "Byron's Stage Fright: The History of His Ambition and Fear of Writing for the Stage", *ELH*, Vol. 6, No. 3 (1939): 219-243.

105. Erdman, David V.. "Lord Byron and the Genteel Reformers", *PMLA*, Vol. 56, No. 4 (1941): 1065-1094.

106. Erdman, David V.. "Lord Byron as Rinaldo", *PMLA*, Vol. 57, No. 1 (1942): 189-231.

107. Evans, Bertrand. "Manfred's Remorse and Dramatic Tradition", *PMLA*, Vol. 62, No. 3 (1947): 752-773.

108. Everett, Edwin M.. "Lord Byron's Lakist Interlude", *Studies in Philosophy*, Vol. 55, No. 1 (1958): 62-75.

109. Feldman, Paupla R.. "Mary Shelley and the Genesis of Moore's *Life* of Byron", *Studies in English Literature*, Vol. 20, No. 4 (1980): 611-620.

110. Felluga, Dino. "'With a Most Voiceless Thought': Byron and the Radicalism of Textual Culture", *European Romantic Review*, Vol.11, No. 2 (2000): 150-167.

111. Ferris, Ina. "'Before Our Eyes': Romantic Historical Fiction and the Apparitions of Reading", *Representations*, Vol. 121, No. 1 (2013): 60-84.

112. Fhlathúin, Máire ní. "Transformations of Byron in the Literature of British India". *Victorian Literature and Culture*, Vol. 42, No. 3 (2014): 573-593.

113. Fiess, Edward. "Melville as a Reader and Student of Byron". *American Literature*, Vol. 24, No. 2 (1952): 186-194.

114. Fitzgerald, Michael. "Did Lord Byron have Attention Deficit Hyperactivity Disorder", *Journal of Medical Biolography*, Vol. 9, No. 1 (2001): 31-33.

115. French, Boyd Elizabeth. *Byron's Don Juan: a Critical Study*. New York: The Humanities Press, 1958. P.117-121.

116. Gamble, James. "Lord Byron's Lameness", *The Pharos*, Summer 2016: 38-44.

117. Garrard, John. "Corresponding Heroines in *Don Juan* and *Evgenii Onegin*, *The Slavonic and East European Review*, Vol. 73, No. 3 (1995): 428-448.

118. Gelder, Ann. "Wandering in Exile: Byron and Pushkin", *Comparative Literature*, Vol. 42, No. 4 (1990): 319-334.

119. Giles, Paul. "Romanticism's Antipodean Spectres: Don Juan and the Transgression of Space and Time", *European Romantic Review*, Vol.25, No. 3 (2014): 365-383.

120. Gilson, David. "Jan Austen's Verses", *Book Collector*, 33 (1984): 25-37.

121. Giuliano, Cheryl Fallon. "Gulnare/ Kaled's 'Untold' Feminization of Byron's Oriental Tales", *Studies in English Literature*, 1500-1900, Vol. 33, No. 4, Nineteenth Century (1993): 785-807.

122. Glass, Loren. "Blood and Affection: The Poetics of Incest in *Manfred* and *Parisina*", *Studies in Romanticism*, Vol. 34, No. 2 (1995): 211-226.

123. Goldberg, Leonard S.. "Center and Circumference in Byron's *Lara*", *Studies in English Literature*, 1500-1900, Vol. 26, No. 4, Nineteenth Century, (1986): 655-673.

124. Goldberg, Leonard S.. "'This Gloom……Which Can Avail Thee Nothing': Cain and Skepticism", *Criticism*, Vol. 41, No. 2 (1999): 207-232.

125. Goldweber, David E.. "Byron, Catholicism, and Don Juan XVII", *Renascence*, Vol. 49, Issue 3 (1997): 175-189.

126. Gömöri, George. "The Myth of Byron in Norwid's Life and Work", *The Slavonic and East European Review*, Vol. 51, No. 123 (1973): 231-242.

127. Graham, T. Austin. "The Slaveries of Sex, Race, and Mind: Harriet Beecher Stowe's Lady Byron Vindicated". *New Literary History*, Vol. 41, No. 1 (2010): 173-190.

128. Grammatikos, Alexander. "'Let Us Look At Them As They Are': Lord Byron and Modern Greek Language, Literature, and Print Culture", *European Romantic Review*, Vol.27, No. 2 (2016): 233-257.

129. Greenleaf, Monika. "Pushkin's Byronic Apprenticeship: A Problem in Cultural Syncretism". *The Russian Review*, Vol. 53, No. 3 (1994): 382-398.

130. Griggs, Earl Leslie. "Coleridge and Byron", *PMLA*, Vol. 45, No.4 (1930): 1085-1097.

131. Gronow, Rees Howell. "Reminiscences of Captain Gronow". London: Smith, Elder. 1862: 85-86.

132. Gross, Jonathan David. "'One half what i should say': Byron's gay narrator in Don Juan", *European Romantic Review*, Vol. 9, No. 3 (1998): 323-350.

133. Gu, Yao. "The Notion of a Nation and Byrons' Life and *Don Juan*", *Studies in Literature and Language*, Vol.4, No. 3 (2012): 60-68.

134. Hadlock, Heather. "'The Firmness of a Female Hand' in The Corsair and II corsaro, *Cambridge Opera Journal*, Vol. 14, No. 1/2 (2002): 47-57.

135. Haller, William. "Byron and the British Conscience", *The Sewanee Review*, Vol. 24, No. 1 (1916): 1-18.

136. Hamilton, George Heard. "Delacroix's Memorial to Byron". *The Burlington Magzine*, Vol. 94, No. 594, (1952): 257-259.

137. Harrison, G. B. ed. *Major English Writers*, Vol. I, New York: Harcourt, Brace, 1954.

138. Harwell, George. "Three Poems Attributed to Byron". *Modern Philosophy*.

1937 (2): 173-177.

139. Heffernan, James A. W.. "Self-Representation in Byron and Turner", *Poetics Today*, Vol. 10. No. 2 (1989): 207-241.

140. Henning, John. "Early English Translations of Goethe's Essays on Byron", *The Modern Language Review*, Vol. 44, No. 3 (1949): 360-371.

141. Henning, John. "Goethe and *Lalla Rookh*", *The Modern Lnaguage Review*, Vol. 48, No. 4 (1953): 445-450.

142. Hill, Alan G.. "Three 'Visions' of Judgment: Southey, Byron, and Newman", *The Review of English Studies*, New Series, Vol. 41, No. 163 (1990): 334-350.

143. Hill, James L.. "Experiments in the Narrative of Consciousness: Byron, Wordsworth, and Childe Harold, Cantos 3 and 4", *ELH*, Vol. 53, No. 1, 1986: 121-140.

144. Hoagwood, Terence Allan. "Skepticism, Ideology, and Byron's Cain", *Nineteenth-Century Contexts*, Vol.15, No. 2 (1991): 171-180.

145. Hoagwood, Terence Allan. "The Negative Dialectic of Byron's Skepticism", *European Romantic Review*, Vol.3, No. 1 (1992): 21-40.

146. House, Michael. "Byron revisited", *History Today*, Vol. 38, Issue 1 (1988): 7-9.

147. Hudson, Arthur Palmer. "Byron and the Ballad", *Studies in Philosophy*, Vol. 42, No.3 (1945): 594-608.

148. Hudson, Arthur Palmer. "The 'Superstitious' Lord Byron", *Studies in Philosophy*, Vol. 63, No. 5 (1966): 708-721.

149. Huxley, H. H.. "'Bos,' Bentley, and Byron", *Greece & Rome*, Vol. 19, No. 2 (1972): 187-189.

150. Jackson, Emily A. Bernhard. "*Manfred*'s Mental Theater and the Construction of Knowledge", *Studies in English Literature*, 1500-1900, Vol. 47, No. 4, The Nineteenth Century (2007): 799-824.

151. Jeffrey, Lloyd N.. " Homeric Echos in Byron's *Don Juan*, *The South Central Bulletin*, Vol. 31, No. 4 (1971): 188-192.

152. Jenkins, R. J. H.. "A Link between Lord Byron and Dionysius Solomós", *The Journal of Hellenic Studies*, Vol. 66 (1946): 66.

153. Jenkins, R. J. H.. "Byron's Maid of Athens: Her Family and Surroundings", *The Journal of Hellenic Studies*, Vol.73 (1953): 200.

154. Joannides, Paul. "Colin, Delacroix, Byron and the Greek War of Independence", *The Burlington Magazine*, Vol. 125, No. 965 (1983): 195-500.

155. Jock Macleod. "Misreading Writing: Rousseau, Byron, and Childe Harold III", *Comparative Literature*, Vol. 43, No. 3 (1991): 260-279.

156. Johnson, Edward D. H.. "Don Juan in England", *ELH*, Vol. 11, No. 20 (1944). pp.135-153.

157. Jones, Christine K.. "Deformity Transformed: Byron and His Biographers on the Subject of His Lameness", *European Romantic Review*, Vol. 12, No. 3 (2001): 249-266.

158. Jones, Frederick L.. "Byron's Last Poem", *Studies in Philosophy*, Vol. 31, No. 3 (1934): 487-489.

159. Jones Howard Mumford. "The Author of Two Byron Apocrypha", *Modern Language Notes*, Vol. 41, No. 2 (1926): 129-131.

160. Joseph, Michael K.. *Byron the Poet*, London: Victor Gollancz, 1964.

161. Jones, Steven E.. "Intertextual Influence in Byron's Juvenalian Satire", *Studies in English Literature*, 1500-190, Vol. 33, No. 4 (1993): 771-783.

162. Joukovsky, Nicholas A.. "Wordsworth's Lost Article on Byron and Southey", *The Review of English Studies*, Vol. 45, No. 180 (1994): 496-516.

163. Kahn, Arthur D.. "Seneca and *Sardanapalus*: Byron, the Don Quixote of Neo-Classicism", *Studies in Philosophy*, Vol. 66, No. 4 (1969): 654-671.

164. Kendall, Lyle H. Jr.. "Byron: An Unpublished Letter to Shelley", *Modern Language Notes*, Vol. 76, No. 8 (1961): 708-709.

165. King, R. W.. "Italian Influence on English Scholarshp and Literature during the Romantic Revival". *The Modern Language Review*, Vol. 21, No. 1 (1926): 24-33.

166. Kleinfield, H. L.. "Infidel on Parnassus: Lord Byron and the *North American Review*", *The New England Quarterly*, Vol. 33, No. 2 (1960): 164-185.

167. Knowles, Claire. "Poetry, Fame and Scandal: The Cases of Byron and Landon", *Literature Compass*, Vol.4, No. 4 (2007): 1109-1121.

168. Knox-Shaw, Peter. "Persuasion, Byron, and the Turkish Tale", *The Review of English Studies*, Vol. 44, No. 173 (1993): 47-69.

169. Kurzov, áIrena. "Byron, Pulci, and Ariosto: Technique of Romantic Irony", *Neophilologus*, Vol. 99, No. 1(2015) : 1-13.

170. LaChance, Charles. "Don Juan, 'a problem, like all things'", *Papers on Language & Literature*, Vol. 34, Issue 3 (1998): 273-300.

171. LaChance, Charles. "Naive and knowledgeable nihilism in Byron's gothic verse", *Papers on Language & Literature*, Vol. 32, Issue 4 (1996): 339-368.

172. Langford, Jeffrey. "The Byronic Berlioz: *Harold en Italie* and Beyond". *Journal of Musicological Research*, Vol. 16, No.3 (1997): 199-221.

173. Lansdown, Richard. "Byron and the Carbonari", *History Today*, Vol. 41, Issue 5 (1991): 18-25.

174. Larrabee, Stephen A.. "Byron's Return from Greece", *Modern Language Notes*, Vol. 56, No. 8 (1941): 618-619.

175. Lau, Beth. "Home, Exile, and Wanderlust in Austen and the Romantic Poets", *Pacific Coast Philosophy*, Vol. 41 (2006): 91-107.

176. Lauber, John. "*Don Juan* as Anti-Epic", *Studies in English Literature*, 1500-1900, Vol. 8, No. 4, Nineteenth Century (1968): 607-619.

177. Lefevre, Carl. "Lord Byron's Fiery Convert of Revenge", *Studies in Philosophy*, Vol. 49, No. 3 (1952): 468-487.

178. LeGette, Casie. "The Lyric Speaker Goes to Gaol: British Poetry and Radical Prisoners, 1820-1845", *Nineteenth-Century Literature*, Vol. 67, No. 1 (2012): 1-28.

179. Levine, Alice. "T. S. Eliot and Byron", *ELH*, Vol. 45, No. 3 (1978): 522-541.

180. Levy, Michelle. "Book History and the Consumer", *Huntington Library Quarterly*, Vol. 69, No. 3 (2006): 477-486.

181. Linkin, Harriet Kramer. "The Current Canon in British Romantics Studies", *College English*, Vol. 53, No. 5 (1991): 548-570.

182. Lokke, Kari. "Weimar Classicism and Romantic Madness: Tasso in Goethe, Byron and Shelley", *European Romantic Review*, Vol.2, No. 2 (1992): 195-214.

183. Lovell, Earnest J.. "Byron and La Nouvelle Héloïse: Two Parallel Paradoxes", *Modern Language Notes*, Vol. 66, No. 7 (1951): 459-461.

184. Luke, Hugh J. Jr. "The Publishing of Byron's *Don Juan*", *PMLA*, Vol. 80, No.3 (1965): 199-209.

185. Lylelarsen. "Byron's Club Foot and Other Disabilities of Authors", *Literary Curiosities*, (2013): June 14.

186. MacDonald, D. L.. "Orientalism and Eroticism in Byron and Merrill", *Pacific Coast Philosophy*, Vol. 21, No. 1/2 (1986): 60-64.

187. Maner, Martin. "Pope, Byron, and the Satiric Persona", *Studies in English Literature*, 1500-1900, Vol. 20, No. 4, Nineteenth Century (1980): 557-573.

188. Marandi, Seyed Mohanmmad. "The Oriental World of Lord Byron and the Orientalism of Literary Scholars", *Critique: Critical Middle Eastern Studies*, Vol. 15, No. 3, 2006: 317-337.

189. March, Rosemary. "'Wild Originality': the Romantic Writings of Lady Caroline Lamb", *Literature Compass* 2 (2005): 1-4.

190. Marchand, Leslie A. "Lord Byron and Count Alborghetti", *PMLA*, Vol. 64, No. 5 (1949): 976-1007.

191. Marshall, L. E.. "'Words Are Things': Byron and the Prophetic Efficacy of Language", *Studies in English Literature, 1500-1900*, Vol. 25, No. 4, Nineteenth Century (1985): 801-822.

192. Marshall, William H.. "A Reading of Byron's *Mazeppa*", *Modern Language Notes*, Vol. 76, No. 2 (1961): 120-124.

193. Marshall, William H.. "The Accretive Structure of Byron's *The Giaour*", *Modern Language Notes*, Vol. 76, No. 6, (1961): 502-509.

194. Matthews, Stephen. "Yeats's 'Passionate Improvisations': Grierson, Eliot, and the Byronic Integrations of Yeats's Later Poetry", *English Journal of the English Association*, Vol. 49, No. 194 (2000): 127-141.

195. McConnell, Frank D.. "Byron's Reductions: 'Much Too Poetical'", *ELH*, Vol. 37, No. 3 (1970): 415-432.

196. McElderry, B. R.. "Byrons Epitaph to Boatswain", *Modern Language Notes*, Vol. 58, No.7 (1943): 553-554.

197. McGann, Jerome J.. "Byron and the Lyric of Sensibility", *European Romantic Review*, Vol.4, No. 1 (1993): 71-83.

198. McGann, Jerome J.. "Byron, Mobility, and the Poetics of Historical Ventriloquism", *Nineteenth-Century Contexts*, Vol.9, No. 1 (1985): 67-82.

199. McGann, Jerome J.. "Byronic Drama in Two Venetian Plays", *Modern Philosophy*, Vol. 66, No. 1 (1968): 30-44.

200. McGann, Jerome J.. "Hero with a Thousand Faces: The Rhetoric of Byronism", *Studies in Romanticism*, 31 (1992): 295-313.

201. McGing, Margaret E.. "A Possible Source for the Female Disguise in Byron's Don Juan". *Modern Language Notes*, Vol. 55, No. 1 (1940): 39-42.

202. McGuir, B. J. k.. "Byron's Portugal - Three Versions of the Locus Amoenus; Camoes, Garret and Fernando Pessoa", *Culture, Theory and Critique*, Vol.32, No. 1 (1988): 60-69.

203. Mckeever, Kerry Wllen. "Naming the Name of the Prophet: William Blake's Reading of Byron's *Cain: A Mystery*", *Studies in Romanticism*, Vol. 34, No. 4 (1995): 615-636.

204. Mckusick, James C.. "The Politics of Language in Byron's *The Island*", *ELH*, Vol. 59, No. 4 (1992): 839-856.

205. McMillin, Arnold B.. "Byron and Venevitinov", *The Slavonic and East European Review*, Vol. 53, No. 131 (1975): 188-201.

206. McPeek, James A. S.. "A Note on 'So We'll Go no More a Roving'", *Modern Language Notes*, Vol. 46, No. 2 (1931): 118-119.

207. McVeigh, Daniel M.. "Manfred's Curse", *Studies in English Literature, 1500-1900*, Vol. 22, No. 4 (1982): 601-612.

208. Meisei, Joseph S.. "The Art of Eloquence: Byron, Dickens, Tennyson, Joyce – By Matthew Bevis", *Parliamentary History*, Vol.27, No. 2 (2008): 289-299.

209. Melaney, William D.. "Ambiguous Difference: Ethical Concern in Byron's *Manfred*", *New Literary History*, Vol. 36, No. 3 (2005): 461-475.

210. Michaels, Leonard. "Byron's Cain", *PMLA*, Vol. 84, No. 1 (1969): 71-78.

211. Miller, J. Hillis. "Recent Studies in the Nineteenth Century", *Studies in English Literature, 1500-1900*, Vol. 9, No. 4 (1969): 737-753.

212. Minta, Stephen. "Byron and Mesolongi", *Literature Compass*, Vol. 4, No.4 (2007): 1092-1108.

213. Miranda, Omar F.. "The Celebrity of Exilic Romance: Francisco de Miranda and Lord Byron", *European Romantic Review*, Vol.27, No. 2 (2016): 207-231.

214. Mole, Tom. "Byron and John Murray: A Poet and His Publisher", *European Romantic Review*, Vol. 27, No. 4 (2016): 524-526.

215. Mole, Tom. "Impresarios of Byron's Afterlife". *Nineteenth-Century Contexts*. 2007 (1): 17-34.

216. Morgan, Angela. "Byronism undermined", *History Today*, Vol. 47, Issue 10 (1997): 33-34.

217. Morphopoulos, Panos. "Byron's Translation and Use of Modern Greek Writing", *Modern Language Notes*, Vol. 54, No. 5 (1939): 317-326.

218. Morrison, Alfred J.. "Sir William Berkeley and Lord Byron", *The William and Mary Quarterly*, Vol. 22, No. 4 (1914): 248-249.

219. Neff, D. S.. "Bitches, Mollies, and Tommies: Byron, Masculinity, and the History of Sexualities", *Journal of the History of Sexuality*, Vol. 11, No. 3 (202): 395-438.

220. Northup, Clark S.. "Byron and Gray", *Modern Language Notes*, Vol. 32, No. 5 (1917): 310-312.

221. Nuss, Melynda. "'The Gory Head Rolls Down the Giants' Steps!': The Return of the Physical in Byron's *Marino Faliero*, *European Romantic Review*, Vol.12, No. 2 (2001): 226-236.

222. Oliver, Susan. "Byron and the Forms of Thought", *European Romantic Review*, Vol.27, No. 1 (2016): 96-101.

223. Olsen, Gregory. "Rewriting the Byronic Hero: 'I'll Try the Firmness of a Female Hand'", *European Romantic Review*, Vol. 25, No. 4 (2014): 463-477.

224. Ormond, Leonèe. "Byron at the Victoria and Albert", *The Burlington Magazine*, Vol. 116, No. 856 (1974): 424+426.

225. O'Neil, Catherine. "Poets as Dramatists: Pushkin and Byron's Historical Drama *Marino Faliero, Doge of Venice*", *The Slavic and East European Journal*, Vol. 47, No. 4 (2003): 589-608.

226. Pascall, Robert. "'Those Grand Heroics Acted as a Spell': Aspects of Byron's Influence on Music in Nineteenth-Century Europe", *Culture, Theory and Critique*, Vol.32, No. 1 (1988): 128-135.

227. Péter, Ágnes. "A Second Essay in Romantic Typology: Lord Byron in the Wilderness", *Neohelicon*, Vol. 26, No. 1 (1999): 39-54.

228. Peterfreund, Stuart. "Byron, *The Deformed Transformed*, and the Problematic of Embodiment", *European Romantic Review*, Vol. 12, No. 3 (2001): 284-300.

229. Peterfreund, Stuart. "Juan the Memorious: The Feinaiglian Narrative Dynamics of Don Juan", *European Romantic Review*, Vol.17, No. 4 (2006): 403-418.

230. Petrović, Ilija. "Byron and the Jugoslavs". *The Slavonic and East European Review*, Vol. 8, No. 22 (1929): 144-155.

231. Pite, Ralph. "Shelley in Italy", *The Year Book of English Studies*, Vol. 34, Nineteenth-Century Travel Writing (2004): 46-60.

232. Podoksik, Efraim. "Byron and the Politics of Freedom and Terror", *The European Legacy*, Vol.19, No. 5 (2014): 667-667.

233. Potkay, Adam. "Beckford's Heaven of Boys", *Raritan*, Vol. 13, Issue 1 (1993): 73-86.

234. Powell, Desmond. "Byron's Oratory", *Quarterly Journal of Speech*, Vol.13, No. 4 (1927): 424-432.

235. Procter, Harry & Procter, Jane. "The Use of Qualitative Grids to Examine the Development of the Construct Good and Evil in Byron's Play *Cain: A Mystery*", *Journal of Constructivist Psycholaogy*, Vol. 21, No. 4 (2008): 343-354.

236. Purinton, Marjean D.. "Byron's Disability and the Techno-Gothic Grotesque in *The Deformed Transformed*", *European Romantic Review*, Vol. 12, No. 3 (2001): 301-320.

237. Queijan, Naji B.. "Byron's Virtual Mapping of an Oriental Myth", International Byron Conference-July 2013.

238. Ramsey, Neil. "Romanticism in the Shadow of War: Literary Culture in the Napoleonic War Years Byron's War: Romantic Rebellion, Greek Revolution, Watching War", *European Romantic Review*, Vol.27, No. 1 (2016): 101-107.

239. Rapf, Joanna E.. "The Byronic Heroine: Incest and the Creative Process",

Studies in English Literature, 1500-1900, Vol. 21, No. 4, Nineteenth Century (1981): 637-645.

240. Rawes, Alan. "Byron's Love Letters", *Byron Journal*, Vol. 43, No. 1 (2015): 1-14.

241. Ridenour, George M.. "The Mode of Byron's *Don Juan*", *PMLA*, Vol. 79, No. 4 (1964): 442-446.

242. Rishmawi, G. K.: "The Muslim East in Byron's Don Juan", *Papers on Language & Literature*, Vol. 35, No.3 (1999): 227-243.

243. Robertson, J. Michael. "Aristrocratic Individualism in Byron's Don Juan", *Studies in English Literature*, 1500-1900, Vol. 17, No. 4, Nineteenth Century (1977): 639-655.

244. Rollin, H. R.. "Childe Harold: Father to Lord Byron?" *British Medical Journal*, Vol.2, No. 5921 (1974): 714-716.

245. Rosa, George M.. "Byron, Mme de Staël, Schlegel, and the Religious Motif in Armance", *Comparative Literature*, Vol. 46, No. 4 (1994): 346-371.

246. Rosa, George M.. "Byronism and 'Babilanisme' in 'Armance'", *The Modern Language Review*, Vol. 77, No. 4 (1982): 797-814.

247. Rose, George B.. "The New Byron", *The Sewanee Review*, Vol. 19, No. 3 (1911): 363-369, p.363.

248. Rumboll, Frank. "Writing into Byron's Don Juan (Canto 9). The Aporia of Practice", *Journal of Literary Studies*, Vol.1, No. 3 (1985): 49-65.

249. Ruskin, John. "English Landscape," in *The Lamp of Beauty*, edited by Joan Evans, Ithaca, NY: Cornell University Press, 1980. P.170-172.

250. Russell, Bertrand. "Byron and the Modern World". *Journal of the History of Ideas*. 1 (1940): 24-37.

251. Rutherford, Andrew. "The Influence of Hobhouse on *Childe Harold's Pilgrimage*, Canto IV", *The Review of English Studies*, Vol. 12, No. 48 (1961): 391-397.

252. Rutherford, Susan. "From Byron's *The Corsair* to Verdi's *Il Corsaro*: Poetry Made Music". *Nineteenth-Century Music Review*, Vol. 7, No. 2 (2010): 35-61.

253. Samuels, Daniel G.. "Critical Appreciations of Byron in Spain", *Hispanic Review*, Vol. 18, No. 4 (1950): 302-318.

254. Samuels, Daniel G.. "Some Byronic Influences in Spanish Poetry (1870-1880)", *Hispanic Review*, Vol. 17, No. 4 (1949): 290-307.

255. Samuels, Daniel G.. "Some Dubious Spanish Translations of Byron for 1829", *Hispanic Review*, Vol. 17, No. 1 (1949): 73-75.

256. Sangiorgi, Roberto Benaglia. "Giambattista Casti's *Novelle Galnti* and Lor Byron's *Beppo*, *Italica*, Vol. 28, No. 4 (1951): 261-269.

257. Sarmiento, Edward. " A Parallel between Lord Byron and Fray Luis de León", *The Review of English Studies*, Vol. 4, No. 15 (1953): 267-273.

258. Schneider, Jeffrey L.. "Secret Sins of the Orient: Creating a (Homo)Textual Context for Reading Byron's *The Giaour*", *College English*, Vol. 65, No. 1 (2002): 81-95.

259. Scott, John A.. "Byron and the Elgin Marbles", *The Classical Journal*, Vol. 19, No. 4 (1924): 241-242.

260. Seary, E. R.. " A Sequel to *Don Juan*", *The Modern Language Review*, Vol. 35, No. 4 (1940): 526-529.

261. Shatto, Susan. "Byron, Dickens, Tennyson, and the Monstrous Efts", *The Year Book of English Studies*, Vol. 6 (1976): 144-165.

262. Shaver, Chester L.. "Wordsworth on Byron: An Unpublished Letter to Southey", *Modern Language Notes*, Vol. 75, No. 6 (1960): 488-490.

263. Shaw, D. L.. "Byron and Spain", *Culture, Theory and Critique*, Vol.32, No. 1 (1988): 45-59.

264. Shepherd, Simon. "The Conspiracy and Tragedy of Byron", *New Theatre Quarterly*, Vol.5, No. 20 (1989): 399.

265. Siegel, Paul. "'A Paradise Within Thee' in Milton, Byron, and Shelley", *Modern Language Notes*, Vol. 56, No. 8 (1941): 615-617.

266. Simmons, Ernest J.. "Byron and a Greek Maid", *The Modern Language Review*, Vol. 27, No. 3 (1932): 318-323.

267. Slater, Joseph. "Byron's Hebrew Melodies", *Studies in Philosophy*, Vol. 49, No. 1 (1952): 75-94.

268. Slattery, J. F.. "The German Byron", *Culture, Theory and Critique*, Vol.32, No. 1 (1988): 96-107.

269. Smith, Earl C.. "Byron and the Countess Guiccioli", *PMLA*, Vol. 46, No. 4 (1931): 1221-1227.

270. Soderholm, James. "Byron and Romanticism: An Interview with Jerome McGann", *New Literary History*, Vol. 32, No. 1 (2001): 47-66.

271. Soderholm, James. "Byron's Ludic Lyrics". *Studies in English Literature*, 1500-1900, Vol. 34, No. 4, Nineteenth Century (1994), pp. 739-751.

272. Soderholm, James. "Byron, Nietzsche, and the Mystery of Forgetting", *Clio*, Vol. 23, No. 1 (1993): 51-62;

273. Soderholm, James. "Editing His Body: Teresa Guiccioli's Transubstantiation of Byron", *Nineteenth-Century Contexts*, Vol.19, No. 2 (1995): 205-220.

274. Soderholm, James. "Lady Caroline Lamb: Byron's Miniature Writ Large". *The Keats-Shelley Journal*. 40 (1991):24-46.

275. Spink, Gerald W.. "J. C von Zedlitz and Byron", *The Modern Language Review*, Vol. 26, No. 3 (1931): 348-350.

276. Stauffer, Andrew M.. "The Hero in the Harem: Byron's Debt to Medieval Romance in Don Juan VI", *European Romantic Review*, 10:1-4 (1999): 84-97.

277. Stavrou, C. N.. "Religion in Byron's Don Juan", *Studies in English Literature*, 1500-1900, Vol. 3, No. 4, Nineteenth Century (1963): 567-594.

278. Steffan, Guy. "Byron at Work on Canto I of *Don Juan*", *Modern Philosophy*, Vol. 44, No. 3 (1947): 141-164.

279. Steffan, T. G.. "Byron Autograph Letters in the Library of the University of Texas", *Studies in Philosophy*, Vol. 43, No. 4 (1946): 682-699.

280. Steffan, T. Guy. "Byron Furbishing Canto I of *Don Juan*", *Modern Philosophy*, Vol. 46, No. 4 (1949): 217-241. p.217.

281. Steffan, T. Guy. "The Extent of Ms. Revision of Canto I of *Don Juan*", *Studies in Philosophy*, Vol. 46, No. 3 (1949): 440-452.

282. Stephanie, Dumke. "An Unrecorded Draft Fragment of Byron's 'To Ianthe'", *Notes and Queries*, Vol.62, No. 3 (2015): 401-403.

283. Storer, Patrick A.. "Byron and the Stage", *Theatre Research International*, Vol. 4, No. 1 (1978): 24-27.

284. Storey, Mark. "Reviewed Work: The Literary Relationship of Lord Byron and

Thomas Moore by Jeffrey W. Vail", *The Review of English Studies*, New Series, Vol. 55, No. 219 (2004): 289-291.

285. Stowe, Harriet B.. "The True Story of Lady Byron's Life", in *Atlantic Monthly*, XXIV (September, 1869).

286. Sundell, Michael G.. "The Development of *The Giaour*", *Studies in English Literature, 1500-1900*, Vol. 9, No. 4, Nineteenth century, (1969): 587-599.

287. Tannenbaum, Leslie. "Lord Byron in the Wilderness: Biblical Tradition in Byron's *Cain* and Blake's *The Ghost of Abel*, *Modern Philosophy*, Vol. 72, No. 4 (1975): 350-364.

288. Thomson, Rosemarie G.. "Byron and the New Disability Studies: A Response", *European Romantic Review*, Vol. 12, No. 3 (2001): 321-327.

289. Tuite, Clara. "Tainted Love and Romantic 'Literary Celebrity'", *ELH*, Vol. 74, No. 1 (2007): 59-88.

290. Tunbridge, Laura. "From Count to Chimney Sweep: Byron's *Manfred* in London Theatres", *Music & Letters*, Vol. 87, No. 2 (2006): 212-236.

291. Tunbridge, Laura. "Schumann as Manfred", The Musical Quarterly, Vol. 87, No. 3 (2004): 546-569.

292. Twitchell, James. "The Supernatural Structure of Byron's *Manfred*", *Studies in English Literature*, 1500-1900, Vol. 15, No. 4 (1975): 601-614.

293. Tzoref-Ashkenazi, Chen. "Romantic Attitudes toward Oriental Despotism", *The Journal of Modern History*, Vol. 85, No. 2 (2003): 280-320.

294. Ullmann, Stephen de, "Romanticism and Synaesthesia: A Comparative Study of Sense Transfer in Keats and Byron", *PMLA*, Vol. 60, No. 3 (1945): 811-827.

295. Utterback, Sylvia Walsh. "*Don Juan* and the Representation of Spiritual Sensuousness", *Journal of the American Academy of Religion*, Vol. 47, No. 4 (1979): 627-644.

296. Vidan, Ivo. "The English Intertext of Croatian Literature: Forms and Function", *Studia Romanica Et Anglica Zagrabiensia*, Vol. 42 (1997): 391-396.

297. Villiers, Dawid W. de. "Catastrophic Turns: Romanticism, History and 'the Last Man'", *English Studies in Africa*, Vol.58, No. 2 (2015): 26-40.

298. Wallach, Alan P.. "Cole, Byron, and the *Course of Empire*". *The Art Bulletin*,

Vol. 50, No. 4 (1968): 375-379.

299. Ward, William S.. "Byron's Hours of Idleness and Other than Scotch Reviewers", *Modern Language Notes*, Vol. 59, No. 8 (1944): 547-550.

300. Ward, William S.. "Lord Byron and *My Grandmother's Review*", *Modern Language Notes*, Vol. 64, No. 1 (1949): 25-29.

301. Wardle, Ralph M.. "The Motive for Byron's 'George Russell of A'", *Modern Language Notes*, Vol. 65, No. 3 (1950): 179-183.

302. Waters, Lindsay. "The 'Desultory Rhyme' of *Don Juan*: Byron, Pulci, and the Improvisatory Style", *ELH,* Vol. 45, No.3 (1978): 429-442.

303. Watkins, Daniel P.. "Social Relations in Byron's *The Giaour*", *ELH*, Vol. 52, No. 4 (1985): 873-892.

304. Watkins, Daniel P.. "Violence, Class Consciousness, and Ideology in Byron's History Plays", *ELH*, Vol. 48, No. 4 (1981): 799-816.

305. Watson, Elizabeth Porges. "Mental Theatre: Some Aspects of Byron's Dramatic Imagination", *Culture, Theory and Critique*, Vol.32, No. 1 (1988): 24-44.

306. Wei, Zhao. "Byronic Hero, Prototype of Superman and the Cultural Values of Byron", *Studies in Literature and Language*, Vol. 11, No. 2 (2015): 15-18.

307. Wellek, René. "Mácha and Byron", *The Slavonic and East European Review*, Vol. 15, No. 4 (1937): 400-412.

308. Wellek, René. "The Concept of 'Romanticism' in Literary History. I. The Term 'Romantic' and Its Derivatives". *Comparative Literature*, Vol. 1, No. 1 (1949): 1-23.

309. Wellek, René. "The Concept of 'Romanticism' in Literary History. II. The Unity of European Romanticism". *Comparative Literature*, Vol. 1, No. 2 (1949): 147-172.

310. West, William Edward and Pennington, Estill Curtis. "Painting Lord Byron: An Account by William Edward West", *Archives of American Art Journal*, Vol. 24, No. 2 (1984):16-21.

311. Whissell, Cynthia. "Poet Interrupted: Differences in the Emotionality and Imagery of Byron's Poetry Associated with His Turbulent Mid-Career Years in the England", *Psychological Reports*, Vol. 107, No.1 (2010): p.321-328.

312. Wicker, C. V.. "Byron as Parodist", *Modern Language Notes*, Vol. 69, No. 5 (1954): 320-321.

313. Wiehr, Josef. "The Relations of Grabbe to Byron", *The Journal of English and Germanic Philosophy*, Vol. 7, No. 3 (1908): 134-149.

314. Wiener, Harold S. L.. "A Correction in Byron Scholarship", *Modern Language Notes*, Vol. 57, No. 6 (1942): 465-466.

315. Wilkes, Joanne. "The Politics of Byron and Alfred de Musset: Marino Faliero and Lorenzaccio", *European Romantic Review*, Vol.25, No. 6 (2014): 757-771.

316. Williams, Michael. "'I like the Habeas Corpus (when we've got it)': Byron, Wellington and the future of British Liberties", *English Academy Review*, Vol.31, No. 1 (2014): 6-18.

317. Wilner, Joshua. "Drinking Rules! Byron and Baudelaire", *Diacritics*, Vol. 27, No. 3 (1997): 34-48.

318. Wiseman, James. "Encounters with Ali Pasha", *Archaeology*, Vol. 52, Issue 4 (1999): 10.

319. Wolfson, Susan J.. "Byron's Ghosting Authority", *ELH*, Vol. 76, No. 3 (2009): 763-792.

320. Wolfson, Susan J.. "'Their She Condition': Cross-Dressing and the Politics of Gender in *Don Juan*", *ELH*, Vol. 54, No. 3 (1987): 585-617.

321. Wooton, Sarah. "The Byronic in Jane Austen's *Persuasion* and *Pride and Prejudice*". *The Modern Language Review*, Vol. 102, No. 1 (2007): 26-39.

322. Yu, Jie-Ae. "Byron's *The Deformed Transformed*", *The Explicator*, Vol. 63, No. 1 (2004): 19-21.

323. Ziter, Edward. "Kean, Byron, and Fantasies of Miscegenation", *Theatre Journal*, Vol. 54, No. 4 (2002): 607-626.

324. Živančević-Sekeruš, Ivana. "Croatian in the Byronic Mould", The Modern Language Review, Vol. 87, No. 1 (1992): 143-156.

（五）网站

1. http://unpretentiousblabberings.blogspot.com/2014/11/lord-byron-male-anorexic.html

附录一：拜伦生平年表[1]

1788 年 1 月 22 日，拜伦出生于伦敦霍尔斯街 16 号的一栋出租屋内，母亲给他取名乔治·戈登·拜伦。

1789 年，随母亲搬迁至苏格兰的阿伯丁。

1791 年 8 月 2 日，拜伦的父亲因为负债累累而自杀于法国靠近比利时边境的一个小县瓦朗谢讷。

1792 年，在阿伯丁被送进学校，同时母亲为他聘请了历史和拉丁语的家庭教师。

1794 年，被送往阿伯丁语法学校学习拉丁语。

1796 年，对表姊玛丽·达夫产生爱情，苦苦思恋以至夜不能寐。

1798 年 5 月 21 日，第五代拜伦勋爵去世，拜伦继承为第六代拜伦勋爵；同年 8 月，和他的母亲以及乳母梅·格雷一起搬迁至继承在诺丁汉郡的纽斯台德古堡居住。

1799 年 9 月，进入达丽奇的格伦尼博士学校读书。

1800 年夏，第一次见到表姊玛格丽特·帕克并爱上她，第一次写出了有诗味的句子。

1801 年 4 月，进入伦敦郊外的哈罗公学就读。

1803 年 9 月，在纽斯台德见到比他大两岁的玛丽·安·查沃思，对她产生了热烈的爱，第一次品尝到失恋的滋味。

1804 年，认识伊丽莎白·皮戈特，拜伦开始写诗，他的诗才正是被皮戈

---

1 该生平年表主要参照 Thomas Moore. *Letters and Journals of Lord Byron: With Notice of His Life*. Paris: J. Smith, 1831，以及 Moore, Walter Scott etc. ed.*The Complete Works of Lord Byron*, Paris: A and W. Galignani and Co., 1835 编辑而成。

特发现，并受到后者鼓励。同年，见到他同父异母的姐姐奥古斯塔。

1805 年，玛丽·查沃思结婚；同年夏天，拜伦从哈罗公学毕业；10 月 24 日，进入剑桥大学。

1806 年，在皮戈特的鼓舞下，他的第一本诗集《偶成集》（*Fugitive Pieces*）在骚思维尔悄然出版，但很快他把印刷好的诗集全部毁弃。

1807 年 1 月，在骚思维尔私下出版基于对《偶成集》删减过的诗集《偶然的歌》（*Poems on Various Occasions*）；6 月，重新整理《偶然的歌》后在伦敦出版诗集《闲散的时光》；7 月，在 *Monthly Literary Recreations* 上对华兹华斯的诗发表评论。同年结识好友 J.C. 霍布豪斯、C.S. 马修斯、S.B. 戴维斯、F. 霍奇森。

1808 年 1 月，亨利·布鲁厄姆（Henry Brougham）在《爱丁堡评论》上发表针对《闲散的时光》的匿名书评；7 月 4 日，拜伦从剑桥大学获得文学学士学位。

1809 年 3 月 13 日，在上议院行宣誓礼；同月底，匿名发表诗集《英格兰诗人与苏格兰评论家》

1809 年 6 月 26 日，离开纽斯台德古堡与霍布豪斯一起开始毕业大旅行。游历了塞维利亚、加的斯城、直布罗陀，航行至马耳他岛（8 月）、阿尔巴尼亚造访阿里·帕夏（9 月）、迈索隆吉翁（11 月）、雅典（12 月）。12 月 30 日，《恰尔德·哈洛尔德游记》第一章完成。

1810 年 3 月，离开雅典前往土耳其西部的土麦那，完成《哈洛尔德游记》第二章；同年 4-7 月，待在君士坦丁堡；7 月 17 日，霍布豪斯返回英国，拜伦回到雅典逗留了 10 个月。

1811 年春，写成《贺拉斯的启示》和《密涅瓦的诅咒》；4 月，乘坐"九头蛇"号出发回英国，带回了埃尔金石雕，7 月 14 日抵达伦敦。8 月 1 日，母亲去世；8 月 3 日，好友马修斯溺亡，拜伦精神极度沮丧，之后写成"赛沙组诗"。

1812 年，对斯宾塞的诗发表评论；2 月 27 日，站在卢德派的立场发表反对捣毁机器的工人死刑的演说。3 月 10 日，《恰尔德·哈洛尔德游记》第一章和第二章由约翰·默里出版社出版，拜伦一举成名。同年结识托马斯·穆尔、塞缪尔·罗杰斯、约翰·默里、墨尔本夫人；与卡罗琳·兰姆及奥克斯福夫人的风流韵事开始；初见安娜贝拉·米尔班克。

1813 年 2 月，对威廉·亨利·爱尔兰的《被忽视的天才》发表书评；3 月，

《沃尔兹》私下出版；5 月，到监狱拜访利·亨特；6 月 5 日，《异教徒》出版；7 月，与姐姐奥古斯塔的绯闻开始传出；初见施泰尔夫人；10 月，与弗朗西斯·韦伯斯特夫人产生情愫；的 11 月，土耳其姐弟爱情故事《阿比多斯的新娘》出版。

1814 年 2 月 1 日，长诗《海盗》出版；8 月 6 日，匿名出版《莱拉》。

1814 年 1 月 17 日，与奥古斯塔一起到纽斯台德居住；9 月，与安娜贝拉·米尔班克订婚。

1815 年 2 月 2 日，与安娜贝拉·米尔班克在西汉姆结婚；3 月底，夫妇二人定居伦敦；12 月 10 日，女儿奥古斯塔·艾达·拜伦出生。

1815 年 4 月，拜伦的《希伯来旋律选》与约翰·布雷厄姆、艾萨克·南森谱曲的版本一并发行；5 月，约翰·默里出版《希伯来旋律》；在默里家会见瓦尔特·司各特。

1816 年

1 月 15 日，拜伦夫人带着女儿离开，夫妻二人开始分居生活；4 月签署了达成于 3 月份的分居协议。

2 月 13 日，《围攻科林斯》与《巴里西娜》出版；

3-4 月，与克莱尔·克莱尔蒙特在一起；

4 月，《希伯来旋律选》第二版发行；

4 月 25 日，启程前往欧洲大陆，一路访问了比利时、滑铁卢战场、德国的莱茵河，5 月 25 日抵达瑞士的日内瓦；

5 月 1-6 日，着手写《哈洛尔德游记》第三章；

5 月 9 日，卡罗琳·兰姆女士的《格伦那翁》出版；

5 月 27 日，在日内瓦旅馆内第一次见到小自己三岁半的珀西·比希·雪莱，随行的还有克莱尔蒙特及雪莱的妻子玛丽·戈德温；6 月 22 日，与雪莱一起游览日内瓦湖；8 月 28 日，与雪莱分别，雪莱将《哈洛尔德游记》第三章和《锡雍的囚徒》的手稿随身带回英国；

7-8 月间，频繁参加施泰尔夫人在科佩举办的沙龙；

8 月 14 日，诗人马修·路易斯来访，将歌德的《浮士德》译给拜伦听；

8 月 26 日，好友霍布豪斯与戴维斯来访；8-9 月间，与霍布豪斯一起先后游历了夏莫尼、勃朗峰和伯恩高原；写了诗剧《曼弗雷德》的前两幕。10 月 5

日，与霍布豪斯分别，前往意大利；10 月 12 日，抵达米兰，11 月 4 日离开；11 月 10，到达威尼斯；

11 月 18 日，《哈洛尔德游记》第三章出版；

11 月，认识房东布匹商人的妻子玛丽安娜·塞加蒂（Marianna Segati），两人发展成情人关系；在圣·拉扎罗岛的一个寺院学习亚美尼亚语；

12 月 5 日，《锡雍的囚徒》与其他一些诗出版。

1817 年

1 月 12 日，与克莱尔蒙特的私生女阿莱格拉出生；

2 月，完成《曼弗雷德》的写作；6 月 16 日，《曼弗雷德》出版；

4 月 17 日，出发前往罗马，途中游历了帕多瓦、菲拉拉、博洛尼亚、佛罗伦萨，作了一首《塔索的哀歌》；7 月 17 日，《塔索的哀歌》发表；

4 月 29 日，与霍布豪斯会合同游罗马古迹；5 月 20 日，重返威尼斯，后又到郊外的拉米拉；6 月，在霍布豪斯的勉励下，着手写《哈洛尔德游记》第四章；

8 月，在乡下骑马时遇见面包商的妻子玛格丽达·科尼，并与之约会；

9 月 6 日-10 月 10 日，写成诗体故事《别波》；

12 月 10 日，获悉纽斯台德以 94500 英镑的价格卖给了托马斯·怀尔德曼。

1818 年

1 月 8 日，霍布豪斯返回英国，拜伦定居威尼斯；

2 月 28 日，《别波》出版；

4 月 28 日，《哈洛尔德游记》第四章出版；

7 月 3 日，开始写《唐璜》第一章；

8 月和 9 月，雪莱夫妇两次造访；

12 月 13 日，开始写《唐璜》第二章。

1819 年

4 月，与 17 岁的拉文纳贵族的女儿特瑞萨·归齐奥利（Teresa Guiccioli）发展成情人关系；

6 月 18 日，在特瑞萨的要求下开始写《但丁的预言》；

6 月 28 日，《马泽帕》和《威尼斯颂》出版；

7 月 15 日，《唐璜》第一、二章匿名出版；

8月9日-9月，与特瑞萨待在博洛尼亚；

9月，开始动笔写《唐璜》第三章，11月30日完成第一稿；

10月，托马斯·穆尔来访，拜伦在送别时将自己截至1816年的各种日志、记录交付给他。

12月24日，随特瑞萨一起迁至拉文纳居住。

1820年

1月，在誊抄的时候，将《唐璜》第三章拆分成了两章；

2月21日，完成对浦尔契的《摩尔干提》的翻译；

3月，完成《但丁的预言》；

4月，对意大利政治发生兴趣，着手写《统领华立罗》（*Marino Faliero*），7月17日完成第一稿的写作；

8月，加入意大利秘密的革命组织烧炭党；

10月16日-11月27日，着手写《唐璜》第五章，12月26日完成修订；

11月中旬，特瑞萨随父亲回到拉文纳的小镇，拜伦不得不与她分别。

1821年

1月4日，开始写"拉文纳日记"；

1月，开始写《萨丹那帕露丝》，5月27日完成；

2月，针对威廉·L.鲍尔斯对蒲伯的攻击，写文章为蒲伯的诗作辩护；3月再次撰文为蒲伯辩护，态度稍缓和；

2月24日，烧炭党的起义计划失败，领导人叛变；

4月21日，《统领华立罗》与《但丁的预言》一并发表；4月25日，《统领华立罗》在伦敦的德鲁里巷被搬上舞台；

6月12日-7月9日，完成五幕历史剧《福斯卡里父子》（*The Two Foscari*）；

7月初，向特瑞萨承诺停止《唐璜》的写作；

7月16日-9月9日，完成《该隐》的写作；

8月6日，雪莱到访；

8月8日，《唐璜》第三、四、五章出版；

8月，动笔写田园牧歌诗剧《布鲁斯》（*The Blues*）；

9月，写作《审判的幻景》；

10 月 9 日，开始写《天与地》（*Heaven and Earth*）；

10 月 15 日，开始写"Detached Thoughts"；

10 月 29 日，离开拉文纳，前往比萨；

12 月 19 日，《萨丹那帕露丝》《福斯卡里父子》与《该隐》出版。

1822 年

1 月 20 日，《维尔纳》写作完成，并承诺交由约翰·默里出版，11 月 23 日，该作品出版；

2 月 4 日，骚塞在《情报员》上攻击拜伦，拜伦大怒，同在《情报员》上发文作回应，并委托金奈尔德安排一场与骚塞的决斗；

4 月 14 日，恢复《唐璜》第六章的写作；

4 月 20 日，与克莱尔蒙特的私生女阿莱格拉去世；

7 月 8 日，雪莱与爱德华·威廉姆斯在意大利的斯培西亚湾溺水而亡；8 月 16 日，参加雪莱的火葬仪式；

7 月底，《唐璜》第六、七、八章完成，9 月 9 日前后，第九章完成；

9 月 15 日，霍布豪斯短暂来访，其后随甘巴家族前往热那亚；

10 月 5 日完成《唐璜》第十章，数天后开始写第十一章，并很快完成；

10 月 15 日，《自由》（The Liberal）第一辑与《审判的幻景》由约翰·亨特出版；

10 月 31 日，将《唐璜》第六至十一章、《维尔纳》、《天与地》悉数交给约翰·亨特；

11 月 18 日，再次通知约翰·默里他们的商业合作结束；11 月 22 日，约翰·默里控告约翰·亨特违规出版已经由默里出版的《审判的幻景》和《维尔纳》；

11 月，开始创作《青铜时代》；

12 月 7 日，完成《唐璜》第十二章，身体健康状况恶化。

1823 年

1 月 1 日，《自由》第二辑出版；

1 月 10 日，《青铜时代》创作完成；

1 月 11 日，开始创作《岛屿》（*The Island*），2 月完成，6 月 26 日出版；

2-3 月，玛丽·雪莱誊抄《畸人变形记》；拜伦意图撤回《自由》；创作《唐璜》第十三、十四、十五章；

4月1日，结识布莱辛顿伯爵夫妇；

4月5日，在伦敦成立的"支援希腊独立委员会"派遣代表来见拜伦，拜伦重燃革命热情，并决定献出个人财产以援助独立军；

4月26日，《布鲁斯》发表在《自由》第三辑；

5月6日，《唐璜》第十六章写作完成；5月8日，开始着手写作第十七章，但仅写了几个诗组；

6月，因利·亨特催促玛丽·雪莱要稿件，拜伦大为光火，拜伦与他们之间产生矛盾，之后打发二人返回英国；

7月24日，乘坐"大力士"号双桅杆船前往希腊；8月3日，在凯法洛尼亚的阿戈斯托里登陆；

8-9月，会见亨利·缪尔博士和詹姆斯·肯尼迪博士，并与后者讨论基督教教义；在阿戈斯托里看到大量贪腐和纪律涣散的现象，拜伦显现出他的审慎和卓越的洞察力；

11月13日，签署为希腊政府贷款4000英镑的协议；

12月29日，出发前往迈索隆吉翁，途中遭遇土耳其舰队追逐。

《唐璜》第六-十四章分成三辑分别发表在7月15日、8月29日、12月17日。

1824 年

1月5日，拜伦抵达迈索隆吉翁，在当地受到热烈欢迎，招募了500名苏里士兵；

1月22日，作诗"三十六岁生日"；

2月15日，解散苏里军队，身体出现严重的抽搐症状；

2月20日，《畸人变形记》出版；

3月，频频对迈索隆吉翁的政治和军事环境感到沮丧，同时个人身体状况每况愈下；

3月26日，《唐璜》第十五、十六章出版；

4月9日，因医生的误诊，他的病情加重；4月19日黄昏，死于因流血而更加恶化的热病；

7月16日，遗体被运回英国，埋葬在诺丁汉郡的哈克诺·托卡德教堂。

附录二：拜伦作品与中译情况对照表

原著名（发表时间）	中译者：中译作品名（发表时间），出处
The Hours Idleness (1807)	（暂无中译本）
English Bards and Scotch Reviewers: A Satire (1809)	（暂无中译本）
Childe Harold's Pilgrimage: A Romaunt Cantos I and II (1812) Canto III (1816) Canto IV (1818)	杨葆昌：《王孙哈鲁纪游诗一百零八首》（1929），《学衡》第 68 期。（选译） 韦佩：《西班牙怀古诗》（1941），《时代文学》第 1 卷第 1 期。（选译） 王统照：《西班牙怀古诗》（1944），《文艺杂志》第 3 卷第 2 期。（选译） 袁水拍：《契尔德·哈罗尔德的旅行》（1944），《文阵新辑》。（选译） 杨熙龄：《恰尔德·哈洛尔德游记》（1956），新文艺出版社。（全译本） 袁湘生：《拜伦旅游长诗精选》（1991），文津出版社。（选译）
The Giaour: A Fragment of a Turkish Tale (1813)	梁启超：《渣阿亚》（1902），《新中国未来记》。（选译） 李锦秀：《异教徒》（1988），收录于《东方故事诗·上》，湖南人民出版社。（全译本）
The Bride of Abydos: A Turkish Tale (1813)	（暂无中译本）
The Corsair: A Tale (1814)	徐志摩：《年岁已僵化我的柔心》（1924），《小说月报》10 月刊。（选译）杜秉正：《海盗》（1949），文化工作出版社。（全译本） 李锦秀：《海盗》（1988），收录于《东方故事诗·上》，湖南人民出版社。（全译本）

Lara: A Tale (1814)	（暂无中译本）
Hebrew Melodies: A Collection of Melodies (1815)	徐振锷:《摆伦挽歌曲》(1931),《学衡》第 74 期。（选译）
The Siege of Corinth: A Poem (1816)	杜秉正:《科林斯的围攻》(1949)，文化工作出版社。（全译本）
Parisina: A Poem (1816)	（暂无中译本）
The Prisoner of Chillon (1816)	杨静:《栖龙的囚徒》(1942),《现代文艺》第 6 卷第 2 期。 杜秉正:《契朗的囚徒》(1948),《诗创作》第 10 期。 赵澧:《锡隆的囚徒》(1985),《国外文学》第 1 期
The Lament of Tasso (1817)	（暂无中译本）
Manfred: A Dramatic Poem (1817)	刘让言:《曼弗雷德》(1955)，平明出版社。（全译本） 曹元勇:《曼弗雷德 该隐: 拜伦诗剧两部》(2007)，华夏出版社。（全译本）
Beppo: A Venetian Poem (1818)	（暂无中译本）
Mazeppa: A Poem (1819)	（暂无中译本）
Don Juan Cantos I and II (1819) Cantos III-V (1821) Cantos VI-XIV (1823) Cantos XV-XVI (1824)	张竞生:《多惹情歌》(1930)，上海世界书局。（选译） 梁启超:《端志安》(1902),《新中国未来记》（选译了其中的两个诗节，命名为《哀希腊》）。 马君武:《哀希腊》(1905)。（选译） 苏曼殊:《哀希腊》(1906)。（选译） 胡适:《哀希腊》(1914)。（选译） 朱维基:《唐璜》(1956)，新文艺出版社。（全译本） 查良铮:《唐璜》(1995)，人民文学出版社。（全译本）
Marino Faliero: Doge of Venice (1821)	（暂无中译本）
The Prophecy of Dante: A Poem (1821)	（暂无中译本）
Sardanapalus: A Tragedy (1821)	（暂无中译本）
The Two Foscari: A Tragedy (1821)	（暂无中译本）

Cain: A Mystery (1821)	杜秉正：《该隐》（1950），文化工作出版社。（全译本） 曹元勇：《曼弗雷德 该隐：拜伦诗剧两部》（2007），华夏出版社。（全译本）
The Vision of Judgement (1822)	（暂无中译本）
The Deformed Transformed (1824)	（暂无中译本）
Miscellaneous Poems (1809-1824)	徐志摩：《今天我度过了我的三十六岁生日》（1924），《小说月报》10 月刊。 杨靖：《当我俩分离了》（1930），《文艺月刊》第 1 卷第 2 号。 葛藤：《当我俩离别的时候》（1935），《文艺》第 5、6 合刊号第 1 期。 岳莲：《拜伦情书选》（收录于《天才男女的情书》）（1933 年），上海良友图书印刷公司。 长海滨：《我完成我的三十六岁》（1942），《诗创作》第 13 期。 柳无忌：《拜伦诗抄》（1943），《中原》第 1 期。 沙金：《给拿破仑》（1948），《文讯》第 8 卷第 5 期。 杜秉正：《黑暗》（1948），《诗创作》第 10 期。
Letters (1809-1824)	刘复：《拜伦家书》（1934），收录于《半农杂文》（一），上海书店。（选译） 张建理、施晓伟：《地狱的布道者——拜伦书信选》（1991），上海三联书店。（选译） 王昕若：《拜伦书信选》（1992），百花文艺出版社。（选译） 易晓明：《飘忽的灵魂：拜伦书信选》（2001），经济日报出版社。（选译）

其他中译本诗集（诗选）

1. 苏曼殊：《拜伦诗集》（1908），日本东京三秀社。（共有《赞大海》《去国行》《哀希腊》《答美人赠束发毡带诗》《星耶峰耶俱无生》五首诗）
2. 卞之琳：《拜伦诗选》（1950），《译文》1954 年 6 月号。（共有《想当年我们俩分手》《滑铁卢前夜》《哀希腊》《天上的公务》四首诗）

3. 李岳南：《小夜曲》（1950），正风出版社。（拜伦与雪莱的诗歌合集）

4. 梁真（查良铮）：《拜伦抒情诗选》（1955），平明出版社。

5. 杨德豫：《拜伦抒情诗七十首》（1981），湖南人民出版社。

6. 骆继光、温晓红：《拜伦诗选》（1992），花山文艺出版社。

7. 杨德豫、查良铮：《拜伦诗歌精选》（1994），北岳文艺出版社。

8. 杨德豫：《拜伦抒情诗选（英汉对照)》（1996），湖南文艺出版社。

9. 李时良：《拜伦诗选》（1999）延边人民出版社。

附录三：拜伦协会和《拜伦学刊》简介、往届国际拜伦学术研究年会信息

一、拜伦协会（The Byron Society）和《拜伦学刊》（The Byron Journal）

拜伦协会在 19 世纪就已经组建，但还是个相对散漫的组织。1971 年，为了促进对拜伦生平、作品和学术研究的深入发展，协会成员在伦敦对组织进行重组，并在每年择期在英国和其他国家举办于拜伦相关的活动，包括学术研讨会、讲座、诗歌朗诵、新书发布会、旅行等。拜伦协会在今天已经是一个民间自发组织的慈善机构，并已成为将国际上所有喜爱拜伦的人士聚集在一起的学术兼兴趣团体，所以成员构成既有学术研究人员，也有一般读者。既是一个非营利性机构，机构运营主要靠协会成员的会费维持，加入该协会要求会员每年缴纳 30 英镑会费，成员则会获赠当年两期《拜伦学刊》的纸质版以及其他往年该刊所有电子版的免费下载阅读权限。此外，为了鼓励有关拜伦的学术研究，拜伦协会还设立了拜伦研究博士论文奖学金，但申请条件必须为在英国任一大学就读的全日制博士生，博士学位论文选题须与拜伦的生平、作品或影响研究相关；该奖学金总额为 9000 英镑，分 3 年发放。在迈索隆吉翁、美国、爱尔兰、日本和纽斯台德古堡也设立有拜伦协会分会。

《拜伦学刊》是由拜伦协会于 1973 年创办的拜伦研究权威刊物。该刊物1973-2003 年间为年刊，2004 年后转为半年刊。刊物主要刊登拜伦研究论文、

新发现的拜伦生平和作品材料、每一年的拜伦学术研究年会报告、拜伦协会在过去一年的重大事件、与拜伦相关的书籍评论,对了解拜伦研究学术动态具有重要的参考价值。

拜伦协会网址: http://www.thebyronsociety.com

《拜伦学刊》网址: http://www.thebyronsociety.com/the-byron-journal

二、国际拜伦学术研究年会(The Interanational Byron Conference)

拜伦协会自 1974 年始每年在世界各地举办一届国际拜伦学术研究年会,向全世界征集拜伦研究稿件,并邀请知名的拜伦研究学者到场作学术报告。以下为 2003-2022 年会议的举办地与主题信息:

时　间	地　点	主　题
2022	Cancelled	
2021	Thessaloniki, Greece	"Wars & Words"
2020	Cancelled	
2019	Vechta, Germany (University of Vechta)	"Transgressive Romanticism: Boundaries, Limits and Taboos"
2018	Ravenna, Italy	"Byron: Improvisation and Mobility"
2017	Yerevan, Armenia (Yerevan State University, Armenia)	"Byron, Time and Space"
2016	Paris, France	"Life, Loves, and Other Climatic Disorders"
2015	Gdansk, Poland (University of Gdansk)	"Reality, Fiction, and Madness"
2014	Tiblisi, Georgia (Tiblisi State University)	"Byron: Original and Translated"
2013	London, England (King's College)	"Byron and Politics"
2012	Beirut, Lebanon (Notre Dame University-Louaize)	"Byron and Genre"
2011	Valladolid, Spain (University of Valladolid)	"Byron and Latin Culture"
2010	Boston, MA, USA (Boston University)	"Byron and the Book"
2009	Athens and Messolonghi, Greece (Athens University & the Messolonghi Byron Research Center)	"Lord Byron and History"

2008	St. Andrews, Scotland (University of St. Andrews)	"Serious Laughter"
2007	Venice, Italy (Venice International University)	"Byron and Identity"
2006	Paris, France (Universite de Paris IV)	"Byron: Corrrespondence(s)"
2005	Dublin, Ireland (University College, Dublin)	"The Greenest Isle of My Imagination"
2004	New Brunswick, Canada (Universite de Moncton)	"Byron and the Romantic Sublime"
2003	Liverpool, England (University of Liverpool)	"Byron and the Sea"

后 记

　　学术史研究是一件"吃力不讨好"的工作。吃力在于"铨叙一文为易，弥纶群言为难"，不讨好在于评述是在复述他人之见，述者的创新性缺席或被掩盖。况且英语世界的拜伦研究"群言"无法悉数兼及，唯有选择性地归纳与重点性地突出，何为必要与重要，成了一个贯穿始终的反复抉择。另外，述而不详或不尽、述而不评或少评亦是走不出的困境。尽管把英语世界的学术史作为一种对应国内相关研究的参照系，但是共同话题的对话与差异的对话时常在不经意间被避重就轻地忽略了。因而，在几经修改后，仍然可以明显觉察到论述的表浅、对话的不足，终而留下可读性的缺憾。

　　选择拜伦并非对拜伦存有特别的喜爱，而是出于拜伦对近现代中国文学的演进与文化的转型的特殊意义。主观的偏好会妨碍判断，不能保证客观的立场；拜伦研究似乎是一个陈旧的话题，因为拜伦在中国的百年接受史经历过狂飙的拜伦热、兴致高昂的译介以及围绕其阶级属性的激烈论辩。当浪漫的激情消退，文学的理论脱离文学，拜伦作为过时的对象早已被各种纷繁的理论热点所湮没。然而，不可否认的是，拜伦曾经给中国清末民初的文学发展注入了刺激性的力量，拜伦式英雄的反抗气质在精神层面深刻地影响了现代作家的浪漫一代。重读拜伦，不单纯是意图呼唤经典的回归，而更是表达文学史上特殊时期的"乡愁"。

　　个体作家的学术史研究是个案的聚焦研究，是前人研究基础上的再出发，其直接任务是对中心材料的梳理、评点、对话，更普遍的导向是由点及面，窥探经典化建构之路中的共性，即各种批评之声如何共同参与和相互激发。拜伦在英语世界曾一度被认为是生平绯闻大于作品名声的典型，换言之，其经典化实现有赖于前者的加持；而后不同批评话语的介入，又再次将其作品的经典性高举。中国的拜伦研究则反映出世界文学意义上的拜伦形象是在跨文化接受语境的旅行中动态生成的，是在差异的对话中成就其在异域的经典化。不论如何，各种风向的变动无一不是社会需求、话语交锋的合力结果。

本书是对博士论文的一次不成熟修订，它重在材料的引介及观点的简评，撇开前述疏漏，若能于国内拜伦研究有所借鉴便是幸事。它的完成和出版首要感谢恩师曹师顺庆先生，他是初吸引学生选择这条路，其后指引学生如何走这条路的导师。先生从最初的选题，到里面的结构编排和具体撰写，再到后来的修改，都提供了许多中肯、详细、启人深思的意见。先生给予学生的关怀，学生始终心怀感恩。想起先生的亲和，也勾起学生对已故父亲的回忆，父爱伟大，思念深切，言难尽意。

2022 年 10 月